LE COMPLOT DU TRIDENT

TRISTAN KOËGEL

LE COMPLOT DU TRIDENT

Didier Jeunesse

Sapienti Roberto Benedicto Scriptor Gratiam Habet.
Pour Léna, qui a troqué sa bulla *contre un fameux trident.*
Pour Mila : pic, pic, pic ! De nouvelles fourchettes…

« Titus leva les yeux au ciel et se plaignit que
la vie lui fût injustement enlevée :
“Je n’ai commis qu’une seule erreur”,
ajouta-t-il sans dire ce que c’était, et il
n’est pas aisé de le deviner. »

Suétone, *Vie des douze Césars*

1

La fin des délices

À la fin du Ier siècle, Rome, ancienne bourgade modeste et marécageuse bâtie au milieu des collines, était riche, opulente et ventrue. Elle toisait le monde. Le sillon d'une charrue l'avait sortie de terre, le burin dans le marbre l'avait rendue immortelle. Son empire s'étendait sur trois continents ; ses provinces occupaient tout le pourtour de la Méditerranée. Du port d'Ostie débarquaient sur les quais des marchandises venues d'Égypte, de Syrie, d'Hispanie, de Grèce, de Gaule. Les navires de commerce remontaient le Tibre remplis de blé d'Alexandrie, de vin de Bétique, de cuivre de Carthagène, d'étoffes de Beyrouth, de verre de Sidon, de pierres, d'ivoire, d'esclaves... De tout ce qui pouvait apaiser pour un temps l'appétit sans limites de cette ville vorace. Rome avait le monde entier dans son ventre.

Et Rome était partout. À Marseille, à Hispalis, à Timgad, Athènes, Pouzzoles, Gadès, Tyr, du nord au sud et de l'est à l'ouest, partout où il y avait des hommes, il y avait des Romains. La mer était à eux, la mer était leur lac. La mer était la flaque dans laquelle l'Italie avait lancé sa botte. L'empire et ses légions avaient rassemblé tous les peuples de Méditerranée en une mosaïque inouïe, une civilisation unique dont le sort dépendait d'un seul homme, l'empereur Titus Flavius Vespasianus.

Titus fit beaucoup pour la grandeur de Rome. Avant même de régner, cet excellent général aux ordres de son père écrasa les rébellions, étouffa les révoltes. Il brilla surtout en Judée, où il brûla Jérusalem et détruisit son temple. C'est dans cette contrée d'Orient qu'il tomba amoureux, éperdument, de Bérénice, la belle reine dont il avait exterminé la province. Mais les Romains, qui trouvaient cet amour dangereux, souhaitèrent qu'il s'en sépare. Preuve qu'il leur était tout dévoué, Titus accepta de la répudier sans protester et l'abandonna comme on jette aux ordures une vieille paire de sandales. Son père, satisfait, érigea sur le forum le temple de la Paix, dans lequel il déposa les trésors de guerre de son fils, et régna sagement jusqu'à la fin de sa vie.

Ainsi, lorsque Titus lui succéda, Rome était apaisée. Le nouvel empereur prit d'abord le temps de se remettre de la mort ironique de son père, qui venait de succomber, au début de l'été 79, à une vilaine diarrhée après avoir offert aux Romains leurs premières toilettes publiques.

Puis, Titus s'installa définitivement au palais impérial. Immédiatement, il se montra si bon et si généreux que le peuple le surnomma « les délices du genre humain ». Et pourtant, si bon que fût Titus, son règne fut marqué par une série de catastrophes sans précédent, toutes plus terribles les unes que les autres : deux ans à peine après qu'il eut succédé à son père, on retrouva « les délices du genre humain » étendu au pied de son lit, sur le ventre, raide mort. Son corps était couvert de rougeurs, sa bouche souillée de vomissures. Sa main pétrifiée par un dernier spasme violent serrait férocement une étrange couronne de fleurs. Une coupe vide avait roulé à quelques centimètres de son cadavre. Sa chambre était sens dessus dessous, révélant des traces de lutte. Titus Flavius Vespasianus avait été empoisonné, sans aucun doute. On n'avait pas encore mis la main sur l'assassin, mais son commanditaire, lui, avait été attrapé et jeté en prison.

Trois jours après la mort de Titus s'ouvrait le procès du traître qui avait décapité Rome.

2

Publius Horatius

Les premières heures du jour recouvraient le marbre du forum d'une douce teinte jaune. La lumière du soleil, entravée par les colonnes des innombrables édifices, rayait le pavé encore froid de la Via Sacra. À l'aube, le cœur de Rome ressemblait déjà à un théâtre d'ombres. Dans quelques heures, ici, les sénateurs discuteront les lois, les tribuns harangueront la foule, les marchands négocieront le prix des épices, des céréales ; ce qui se décidera au forum résonnera dans tout l'empire. Invisibles ou presque, les esclaves, le dos ployé sous le fardeau, se mêleront à la foule dont le brouhaha masquera les cris des suppliciés au fond de leur cachot, détournera les regards des corps des condamnés à mort exposés à la vue de tous, aux Gémonies[1]. Tout ça au même endroit. Tout ça sous les yeux glacés des dieux consacrés dans leurs temples, amusés par l'agitation des vivants. Mais à cette heure-là, le forum était encore désert.

Seule une silhouette remontait la Via Sacra, dissimulée sous les portiques de l'imposante basilique Julia. C'était celle d'un jeune homme dont le visage était recouvert par la capuche de son manteau. Il contourna les Rostres[2], rejoignit la prison et frappa à la porte avec autorité.

« Gardien ! Laisse-moi entrer ! Ordre du préfet ! »

1. L'escalier des Gémonies était le lieu où les corps des condamnés étaient exposés avant d'être jetés dans le Tibre.

2. Tribune où les magistrats et les orateurs s'adressaient aux Romains.

À travers une petite ouverture apparut le visage bourru d'un homme qui se réveillait à peine. Le gardien fronça les sourcils quand il s'aperçut que celui qui s'adressait à lui n'avait pas plus de quinze ans.

« Presse-toi ! Je dois parler au prisonnier ! » ordonna-t-il en glissant à travers l'ouverture une lettre qui portait le sceau du préfet du prétoire[1]. La porte s'ouvrit aussitôt, et le jeune homme entra.

« Ouvre la cellule, et laisse-nous. »

Une fois encore, le gardien s'exécuta. Le jeune homme détacha un flambeau et pénétra dans une pièce sordide qu'il balaya à la lumière de la flamme. L'humidité qui y régnait l'écœura, et lorsque sa main frôla l'une des parois du cachot, il tressaillit. Les murs étaient couverts d'immondices. Mais il ne vit personne, pas de prisonnier. Alors, le jeune homme se décida à appeler :

« Mon oncle ? Mon oncle ! Publius, tu es là ? »

Pour toute réponse, il ne reçut que le faible écho de sa voix. Lentement, il s'avança pour éclairer chaque recoin de la cellule. Son oncle s'était peut-être évanoui ? Ou peut-être pire, même... Son pied heurta une grille. En abaissant le flambeau, il remarqua qu'il se tenait sur une étroite ouverture ronde recouverte de barreaux. C'était l'entrée d'un deuxième cachot, une cellule souterraine encore plus répugnante que celle dans laquelle il se trouvait. Le jeune homme se pencha, et l'odeur qui s'en échappait le saisit à la gorge.

« Quelle puanteur ! Mon oncle ! Où es-tu ? Ne me dis pas qu'ils t'ont jeté dans ce trou ! »

Le jeune homme posa son flambeau au sol et, se bouchant le nez, colla son visage contre la grille. Ce qu'il vit alors lui arracha un cri qui fit trembler la geôle : un cadavre. Le corps sans vie d'un homme disloqué, abandonné au fond du trou.

« Non ! Pu... Publius ! »

---

1. Magistrat chargé de la protection de l'empereur.

Mais soudain, un rire grave répondit à son hurlement.

« Ha, ha, ha ! Lucius ! Mon voisin te déplaît ? »

Le jeune homme saisit sa torche, se retourna et vit son oncle, Publius Horatius, accroupi dans l'obscurité.

« Ma parole ! J'ai cru que c'était toi sous cette grille immonde !

– Rassure-toi, mon neveu, ils m'ont laissé à l'étage. Je n'ai pas encore eu l'honneur de visiter toutes les chambres de ma pension ! C'est drôle, je ne me rappelle même plus combien de criminels j'ai moi-même fait jeter dans ce trou... Comment es-tu arrivé jusqu'ici ?

– Le préfet du prétoire m'a remis un laissez-passer, répondit Lucius.

– Ah bon ? Cet imbécile de Servius t'a autorisé à venir me voir ? Aide-moi à me lever, mes jambes sont plus raides que les pieds d'un guéridon. »

Lucius accrocha son flambeau au mur, attrapa son oncle par le bras et constata qu'il était dans un état lamentable. Comment était-il possible que lui, Publius Horatius, homme de confiance de l'empereur, couche avec les morts en tunique d'esclave, la barbe hirsute, les pieds nus, le corps sale ? Personne d'autre que lui n'avait mieux servi Rome et Rome le laissait croupir dans cette geôle infâme.

« Ne fais pas cette tête, Lucius ! On dirait que tu as devant toi un pestiféré !

– Tu fais peine à voir ! Par Hercule, je vais te sortir de là ! Il est encore temps de fuir ! Assommons le garde ! Quittons Rome ! Le soleil se lève à peine, ce ne sera pas difficile !

– Allons, Lucius ! Pourquoi veux-tu que je fuie ? Et où veux-tu que j'aille ? s'indigna Publius. Je préfère encore ce cachot à l'exil. Je ne compte pas me soustraire à la loi, tu le sais.

– La loi va te faire changer d'étage et rejoindre ton voisin sous la grille ! Tiens, prends mon manteau, ou tu mourras de froid avant le début de ton procès. »

Lucius couvrit le corps transi de son oncle. À la lueur de la flamme, il vit briller son regard acéré, que tant de criminels avaient craint par le passé. Et le jeune homme se dit que malgré tout, son oncle n'avait rien perdu de sa dignité.

« Tu n'auras pas à rester ici longtemps. Je suis sûr que l'assemblée du peuple te disculpera.

– Il s'agit du meurtre de l'empereur, Lucius ! Pas d'un vol de bétail ! L'assemblée du peuple n'aura pas son mot à dire. Le procès ne sera pas rendu public, seuls quelques juges s'occuperont de moi à l'écart, dans un bureau. Et ça vaut mieux ! Je me méfie de la foule qui déteste plus ses traîtres qu'elle n'aime ses héros. Depuis que je suis enfermé, je l'entends, le peuple ! Il vient tous les jours devant la prison demander ma tête au gardien ! Au moins dans ma cellule, même si c'est un peu rustique, je suis en sécurité ! »

Le jeune homme se demanda soudain pourquoi il s'était donné la peine de venir. Son oncle était accusé de complicité dans le pire des crimes, il croupissait là, à la place de ceux qu'ils avaient traqués tous les deux pendant des semaines, et il acceptait son sort en plaisantant.

Quand Publius se remit à ricaner, Lucius, excédé, s'emporta :

« Mais enfin ! Réveille-toi ! Tu n'as rien à faire ici ! Pourquoi refuses-tu de te défendre ? Tu te conduis comme un coupable !

– Personne n'est vraiment innocent dans cette affaire, Lucius...

– Ça suffit ! J'en ai assez entendu ! Tu ne veux pas de mon aide ? Je m'en vais. »

Lucius arracha brutalement le flambeau du mur, tourna le dos à Publius et se dirigea vers la porte de la cellule quand ce dernier l'interpella :

« Attends !

– Quoi ?

– As-tu fait ce que je t'ai demandé ?

– Oui.

– Eh bien ? Tu l'as retrouvée ?

– Je l'ai cherchée dans les quatorze régions. Aucune trace d'elle. Elle a disparu.

– Alors, cette fois, je suis tout seul... », marmonna Publius, le visage fermé.

Lucius rougit de colère. Pourquoi son oncle le mettait-il à l'écart de cette façon ? Il n'était pas tout seul, puisqu'il était venu, lui, pour le sortir de là !

« Mais qu'attends-tu de cette femme, au juste ? Qui c'est, cette Hérodias ? Qu'as-tu derrière la tête ? Tu vas me le dire ? Ou tu préfères mourir ici dans ton cachot puant ? Tu ne veux pas revoir ta ferme, tes terres et tes maudits bœufs ? »

Publius éclata de rire sans même le regarder. Et lentement, il retourna s'accroupir dans un coin de sa geôle. Lucius tambourina à la porte et le gardien lui ouvrit. Juste avant de sortir, il entendit son oncle lancer dans le vide :

« Et reviens quand tu veux ! La prochaine fois, nous dînerons sûrement avec le voisin du bas ! »

Le jeune homme fulmina en quittant la prison. Visiblement, il était venu pour rien. La seule chose dont il pouvait se satisfaire, c'était d'avoir constaté que Publius, même en haillons, même jeté au fond d'un cachot sale, s'amusait toujours à irriter ses semblables. Ses provocations, c'était tout ce qui lui restait. C'était sa force. Et malgré les apparences, Lucius savait que son oncle était loin d'avoir abdiqué.

*

Quelques heures plus tard, Lucius se tenait devant les Rostres où, au milieu d'une foule entassée et bruyante, le préteur se préparait à dévoiler au peuple la manière dont allait se dérouler le procès que tout le monde attendait. Le magistrat, déjà agacé par sa tâche, grimpa péniblement sur l'estrade et envoya les deux licteurs[1] qui le précédaient toujours exiger le silence en brandissant leurs faisceaux. Le vacarme s'apaisa, mais pas suffisamment.

« Mais quand vont-ils donc se taire ? » se plaignit-il. Puis, à l'un de ses hommes, il ordonna :

« Tu vois cet esclave, là ? Fais de lui un exemple, ça les calmera. »

Le licteur descendit de l'estrade et s'empara de l'esclave qui gémissait déjà. Il lui arracha sa tunique et abattit sur lui les baguettes de son faisceau. Le pauvre innocent hurlait sous les coups qui lui rayaient le dos ; et le peuple se tut. Les patriciens, eux, rassemblés à l'autre bout de l'estrade, regardaient cette scène avec dédain. Le sort de l'esclave les laissait indifférents, mais que le peuple saisisse la moindre occasion pour créer du désordre, ça, ça commençait à leur taper sur les nerfs. Lucius, lui, n'avait qu'une hâte : que le préteur fasse sa déclaration.

« Au nom du Sénat et du peuple romain, commença-t-il après s'être éclairci la gorge, le procès de Publius Horatius pour crime de lèse-majesté débutera aujourd'hui. Publius Horatius, intercepté par la garde à la tête d'une foule de conjurés, est accusé de complot ayant entraîné la mort de César. Pendant que l'accusé et son organisation attiraient à eux nos valeureux soldats par une diversion perfide au fond du grand cloaque, leur complice toujours en fuite commettait l'acte barbare qui a plongé l'empire dans l'obscurité. Si la main qui a frappé n'a pas encore été saisie, la tête qui l'a guidée, la tête de Publius Horatius, est offerte aujourd'hui à la justice de Rome. La chancellerie impériale a décidé que l'accusé serait jugé selon la procédure extraordinaire. En conséquence, ce procès se déroulera, selon

1. Officiers qui protégeaient les principaux magistrats. Ils étaient armés d'un faisceau constitué de solides baguettes en bois.

le droit, dans les bureaux de la chancellerie sous l'autorité de Quintus Æmilius, préfet de la ville[1], désigné comme juge. Seuls Quintus Æmilius, ses conseillers et Servius Plotius, préfet du prétoire, dénonciateur de l'accusé, seront autorisés, en dehors des témoins sollicités, à assister au procès. *Et caetera, et caetera, Alea jacta est*, mon bain va refroidir, mon cuisinier attend mes ordres. »

Il y eut quelques cris indignés, puis on entendit çà et là les désirs de la foule :

« Qu'on l'égorge ! hurla quelqu'un.

– Qu'on le crucifie ! » s'égosilla un autre.

Le préteur avait déjà quitté l'estrade. Il se frayait difficilement un chemin parmi le peuple en envoyant ses licteurs jouer de leurs faisceaux au hasard. Le message était passé, le droit avait été prononcé, Rome avait un nouvel ennemi à haïr. Le magistrat pouvait à présent penser à la température de son bain.

Lucius était assommé par ce qu'il venait d'entendre. Le peuple de Rome souhaitait qu'on égorge son oncle. Publius Horatius était déjà considéré comme un ennemi public. Le jeune homme commençait à voir trouble. Autour de lui, il n'y avait plus que des ombres. Soudain Lucius reconnut un visage familier devant les Rostres. Flavia ! Que faisait-elle ici ? Était-elle venue le soutenir dans cette épreuve qui salissait le nom de sa famille ? Ou était-il en plein délire, surpris dans son malheur par la vision subite de celle qu'il aimait ?

Il s'avançait vers elle quand, brusquement, quelqu'un le saisit par le bras.

« Mon garçon, lui dit un vieil homme, j'ai bien connu ton oncle. Sache que ta famille pourra compter sur moi. »

Lucius dévisagea ce vieux sénateur qui parlait déjà de Publius au passé. Le jeune homme sentit alors le forum tout entier

1. Le préfet de Rome est chargé du gouvernement de la ville en l'absence de l'empereur.

s'effondrer sur lui-même, emportant temples, portiques, basiliques, tous ces pantins en toge, plongeant ce décor de comédie grotesque au plus profond des abîmes infernaux. Il se tourna de nouveau vers l'estrade. Flavia n'y était plus.

Lucius, démuni, quitta alors cet endroit nauséabond et s'enfonça dans les ruelles.

*

Quelques instants plus tard, on vint sortir Publius de sa prison. Et par la même occasion, on tira son gardien du sommeil pour la deuxième fois de la journée.

« Vous en avez mis du temps ! ironisa le prisonnier en voyant s'agiter les casques à panache de la garde prétorienne. J'avais hâte qu'on m'accorde une petite promenade. »

La lumière du soleil l'aveugla, mais Publius prit le temps de sentir sur sa peau la caresse de ses rayons. Depuis trois jours, il était enfermé dans l'ombre et dans la crasse. Les soldats le forcèrent à monter sur un grand char tiré par deux chevaux et le véhicule prit la direction du bureau où l'attendait son juge, tout près de la résidence impériale, en haut du mont Palatin. Étrangement, personne ne lui jeta d'ordures en chemin. La garde refroidissait sans doute les plus hardis.

« Qui est le magistrat en charge du procès ? demanda-t-il au soldat qui conduisait le char.

– C'est Quintus Æmilius, répondit le soldat sans se retourner.

– Ah... Quintus ! Il m'épargnera peut-être la crucifixion, on se connaît bien... Et qui est mon dénonciateur ?

– Servius Plotius. Il t'accuse au nom de l'empereur de complot et de crime.

– Servius ? Au nom de l'empereur ? Cette tête de courge sait faire parler les morts, en plus ! Il ne m'épargnera pas, lui. Il fera tout pour que mon corps pourrisse dans ce cachot dont vous venez de me tirer ! Dis-moi, soldat, tu étais là, dans cet égout, quand on m'a arrêté ?

– Oui.

– Et qu'est-ce que tu as vu ?

– J'ai vu le piège dans lequel tu nous as tous entraînés.

– Ah oui ! Le piège, l'embuscade, la diversion ! C'était un drôle de piège, non ? À part moi, vous avez massacré tout le monde assez facilement… ajouta Publius. Pourquoi aurais-je envoyé mes complices à la mort ?

– Parce que tu es un traître. C'est pour ça que tu vas être jugé », répondit sèchement le soldat.

Publius leva les yeux au ciel et soupira. Le char gravissait maintenant les pentes du Palatin, la colline était presque entièrement recouverte par la résidence impériale. Quand Publius en aperçut la haute muraille, son visage s'assombrit. Être traîné jusque-là comme un prisonnier, comme un traître, lui laissait un goût amer. Il connaissait parfaitement les recoins du palais, depuis longtemps. Avant même que Titus ne soit le maître de Rome, il y avait eu ses entrées. La dernière fois qu'un char l'avait emmené ici, ce n'était pas pour le faire condamner, mais pour sauver l'empire.

C'était Titus lui-même qui l'avait appelé à l'aide quelques semaines auparavant et l'avait forcé, malgré lui, à quitter sa campagne.

3

La demande de Titus

C'était à la fin d'une douce matinée d'avril, au temps des premiers labours. Dans sa modeste ferme, à quelques milles de Rome, Publius Horatius se réjouissait de voir apparaître les premières fleurs aux branches des pommiers qui bordaient son champ. Derrière lui se dressait la petite bâtisse en pierre dans laquelle il s'était retiré depuis quelques années déjà. Cette maison rustique, Publius la partageait avec son intendant, Marcus, et sa femme, Livia. C'était un couple charmant à qui la nature avait donné treize ans plus tôt un fils un peu bourru mais qui souriait si souvent qu'ils l'avaient appelé Félix[1]. Le refuge de Publius n'avait rien de ces vastes propriétés agricoles dont d'autres Romains tiraient d'importants bénéfices en abandonnant les travaux pénibles à leur ribambelle d'esclaves. Ici, pas de dépendances, pas de volière, pas de bassin, pas d'écuries, peu de bêtes. Quatre murs sur lesquels renaissait une treille, un abri pour le pressoir, un autre pour ses deux bœufs, un petit grenier, ce qu'il fallait de terres pour se mettre à l'abri du tumulte de Rome. Rien d'autre.

Publius suivait du regard le vol haché des papillons qui dansaient en couple. Il inspira longuement et contempla son champ.

« Il est temps que cette terre respire, par Jupiter ! » s'exclama-t-il.

1. « Le bienheureux » en latin.

C'est alors qu'apparurent l'intendant et son fils, hilares tous les deux. Ils transportaient une petite table et un siège en bois qu'ils déposèrent à côté de lui.

« Merci, Marcus. Tu as pensé à mon volume ?

– Livia l'apporte.

– Parfait... L'éducation de mon neveu est ce qui m'importe le plus depuis que ses parents me l'ont confié, mon cher Marcus ! Et il est temps maintenant qu'il nous montre ce qu'il a appris ! »

Livia les rejoignit, les bras chargés d'un gros volume de papyrus enroulé autour de deux baguettes de bois sculpté. Publius se frotta les mains lorsque Livia le déposa sur la table et, délicatement, il écarta les baguettes, dévoilant l'élégante écriture du scribe ramassée en longs paragraphes.

« Ah ! jubila Publius. Il ne manquait qu'un peu de poésie à ce décor ! »

L'intendant, sa femme et leur fils, rassemblés autour du maître de maison, ne pouvaient s'empêcher de glousser. Félix, lui, plongeait la main dans la besace qu'il ne quittait jamais pour s'empiffrer de galettes. Ils regardaient tous les quatre devant eux, impatients, quand soudain apparurent dans le champ les deux bœufs harnachés, manœuvrés maladroitement par quelqu'un dont on devinait à peine le haut du crâne.

« Et alors, mon neveu ! s'écria Publius. Tu en as mis du temps ! C'est toi qui conduis ces bêtes, ou bien ce sont elles qui te traînent ? »

Marcus éclata d'un rire gras en regardant le pauvre Lucius, plié en deux, suant à grosses gouttes, malmené par les bœufs et trébuchant à chaque fois qu'il tentait de frapper le flanc des bêtes.

« Pour un citadin, il ne se débrouille pas si mal », ironisa Publius.

Lucius, en arrivant à leur hauteur, leur lança un regard noir et, dépité, enfonça le soc de la charrue dans la terre.

« Je peux y aller ? demanda-t-il.

– On brûle d'impatience !

– Un passage préféré ?

– Ah, oui ! Commence donc à "*Adieu, forêts*", et applique-toi... »

Lucius cria sur les bœufs et commença à déclamer Virgile sous les yeux attentifs de son oncle qui suivait le texte du doigt sur le grand papyrus.

« *Adieu, forêts, adieu ! Mes rudes travaux ne sauraient vaincre l'invincible Amour...* » Marcus n'en pouvait plus. Félix se roulait par terre et si Livia pleurait, ce n'était pas parce que la poésie lui serrait le cœur. Elle s'esclaffait de voir le jeune garçon réciter ses vers en s'écrasant le nez, à chaque pas ou presque, dans l'énorme arrière-train des bêtes de trait. « C'est mauvais, Lucius, c'est mauvais ! grinça Publius en levant les sourcils. Pauvre Virgile...

– *En vain je boirais les eaux glacées de l'Hèbre...*

– Aïe, aïe, aïe ! Regarde-moi ces sillons... Un effort ! Va tout droit ! On dirait que tu traces le cours du Tibre !

– *En vain dans la saison où l'écorce meurt desséchée sur l'ormeau...*

– C'est la poésie qui meurt, Lucius ! Et ma récolte avec elle !

– *Je ferais paître mes troupeaux dans les plaines brûlantes d'Éthiopie...*

– Par Hercule, Lucius ! C'est une calamité ! »

Le jeune patricien en colère jeta son bâton à terre et lâcha le soc.

« Ah, vous riez ! J'aimerais bien vous y voir ! Vous croyez que c'est facile de faire le poète en labourant le sol ! Ces bœufs empestent, et moi, je dois parler d'Amour, de forêts et d'écorce ! Et sans trop zigzaguer ! Ça suffit, j'abandonne ! »

À cet instant, l'un des bœufs, vexé, fouetta sèchement la joue de Lucius du bout de la queue.

« Stupides bêtes puantes ! hurla-t-il en se tordant de douleur.

– Allons, mon neveu ! Calme-toi ! Personne ne rit, au contraire ! On t'encourage ! Ne gâche pas tout ! Allez ! Respire et reprends tout depuis le début.

– Il ne va pas le faire, avança Marcus.

– Oh, si ! Je lui ai promis de le ramener à Rome dès qu'il aurait terminé. Tiens ! Tu vois ? Il a déjà ramassé son bâton. »

Publius avait raison. Lucius, pressé de retrouver la ville, s'était déjà remis à dire adieu aux forêts en serpentant dans le champ quand tout à coup, à l'autre bout de la ferme, s'éleva un épais nuage de poussière. Un char, emmené par deux chevaux au galop, traversait les terres sous le regard effaré de Marcus.

« Deux hommes arrivent. Un soldat et un messager », rapporta l'intendant.

Publius grimaça sans prendre la peine de tourner la tête vers eux. Le char s'arrêta dans un grand fracas à quelques mètres de la petite table. Le messager en descendit et demanda sèchement :

« Publius Horatius ? »

Le nez dans son volume, Publius désigna son intendant et déclara : « C'est lui. »

Le messager considéra Marcus, qui s'était redressé. Ce Publius-là avait tout du paysan et rien de l'homme qu'on lui avait décrit. Un nouveau gloussement de Félix mit fin à la supercherie.

« On m'a prévenu de ton sens de l'humour, Publius, soupira le messager. Si la farce est finie, je voudrais bien te dire ce pour quoi on m'envoie...

– Je suis occupé, tu ne vois pas ? J'évalue mon neveu. »

Le messager regarda le champ et écarquilla les yeux en apercevant Lucius, toujours à la peine avec ses bœufs.

« Mais qu'est-ce qu'il fait ?

– Eh bien ! Il laboure !

– En récitant des vers ?

– Parfaitement... »

Le messager se demanda sérieusement s'il ne s'était pas trompé de ferme. Cet homme correspondait pourtant à la description qu'on lui avait faite du célèbre enquêteur. Rester si longtemps dans sa campagne l'avait sûrement rendu gâteux... Mais qu'allait dire l'empereur s'il revenait sans lui ?

« Publius Horatius ! s'écria-t-il pour tenter de redonner à sa visite un peu de solennité. C'est l'empereur qui m'envoie ! Il demande ton aide immédiatement. Rome a besoin de toi. Je dois t'emmener au palais. »

En entendant cela, Publius daigna enfin poser les yeux sur le messager. Sans dire un mot, il observa ensuite le char sur lequel se tenait toujours le soldat impassible. Le véhicule, orné d'ivoire et de bronze étincelant, appartenait sans aucun doute à Titus. Derrière le soldat, il restait deux places vides. Publius se passa la main sur le menton et répondit nonchalamment :

« L'empereur attendra que le poète ait fini. »

Mais Lucius avait abandonné les bœufs et les avait déjà rejoints. Le jeune homme, sale et hirsute, les mains posées sur les hanches, acheva devant eux sa récitation sur un ton monocorde.

« *En vain je ferais paître mes troupeaux dans les plaines brûlantes d'Éthiopie. L'Amour triomphe de tout, nous aussi cédons-lui.* Le poète a fini. Je vais faire ma toilette, je t'accompagne à Rome. »

Le messager, satisfait, regagna le char et n'eut pas à attendre longtemps avant que Lucius et son oncle, revêtus de leur toge, ne le rejoignent. En cette fin de matinée d'avril, Publius Horatius quittait son refuge pour la première fois depuis longtemps. Il abandonnait sa ferme aux mains de Marcus et de Livia sans savoir quand il y reviendrait. Rhabillé en citadin, il s'installa à côté de son neveu et, aussitôt, le char fila vers le palais impérial, creusant sur les terres de Publius les sillons rectilignes de ce départ précipité.

*

En franchissant l'enceinte de Rome, Publius sentit immédiatement remonter en lui tout ce qu'il y avait laissé. Les bonnes choses comme les mauvaises. Dans chaque rue, au pied de chaque temple, un souvenir lui revenait, si bien qu'aux portes du palais impérial, il était rempli de Rome comme une amphore de vin qu'on venait de sceller. Et sa vie dans son refuge lui paraissait déjà lointaine. La capitale de l'empire savait comment s'y prendre pour s'insinuer en vous et repousser tout le reste hors de ses murs. Lucius, lui, était radieux ! Durant ces deux mois passés loin de la ville, il lui avait semblé que la marche du monde avait suivi son cours sans lui. Enfin du bruit, des gens ! Enfin un théâtre, des thermes, des rues pavées ! Plus de grain à moudre, plus de bœufs à pousser, plus de récitations ! Enfin, il pourrait partager avec son oncle autre chose qu'une vie de paysan. Et quoi de mieux qu'une visite à l'empereur lui-même pour marquer son retour en ville ?

Publius souriait en regardant croître l'excitation de son neveu. Il sauta du char le premier, invitant le jeune homme à le suivre.

« Tu es prêt, Lucius ? Allons voir ce que l'empereur nous veut ! »

Puis, sans un mot pour le messager ni pour le soldat qui les accompagnaient, il pénétra dans le palais comme un homme qui y avait ses habitudes. Derrière lui, Lucius ne savait plus où donner de la tête tant la richesse des lieux l'éblouissait. Mais Publius n'avait pas l'intention de perdre son temps à contempler les statues et les dorures. Il savait où aller, il connaissait le chemin. C'est dans l'immense triclinium, la salle des banquets, qu'il retrouva l'empereur Titus entouré de convives.

« Ah, Publius ! Te voilà enfin ! s'écria l'empereur depuis le lit sur lequel il dévorait un gros morceau de viande. Lucius est là ! C'est un jeune homme maintenant ! La dernière fois que je l'ai vu, il portait encore la *bulla*[1]... Vous arrivez un peu tard, on ne vous a pas attendus. »

---

1. Amulette portée par les enfants romains.

Publius le salua et balaya des yeux la pièce. Vautrés sur leurs coussins, les invités vidaient coupe sur coupe ; des esclaves bien éduqués évitaient soigneusement que le vin ne se tarisse. Publius ignora copieusement tout ce petit monde, mais l'un des convives se leva pour aller à sa rencontre.

« Publius Horatius ! s'écria-t-il. Jamais je n'aurais cru te revoir un jour à Rome, mon vieil ami ! Qu'est-ce qui t'amène ? Tu t'ennuyais de nous ?

– Oh, non Quintus ! Je ne sais même pas ce que je fais ici ! Mais je vois que toi non plus, tu n'as pas eu le temps de t'ennuyer depuis que je suis parti, ironisa-t-il. Si l'empereur t'invite à sa table, c'est que tu dois être quelqu'un d'important, maintenant !

– Je l'ai nommé préfet de la ville, coupa Titus, et Quintus Æmilius afficha un sourire satisfait. Mais je crois que tu connais aussi mon préfet du prétoire, Publius », ajouta l'empereur.

Un petit homme sinistre et rabougri s'était recroquevillé sur son coussin dès que Publius était entré dans le triclinium. Il était blême à présent et son cou maigre de rapace semblait ne plus pouvoir supporter sa tête ballottée par des spasmes nerveux.

« Servius Plotius ! Ah, ça ! Titus sait s'entourer ! S'il y a bien quelqu'un à qui je n'aurais pas confié ma protection, c'est toi ! Ça fait longtemps, dis-moi ! Mais pas assez, c'est sûr... »

Servius Plotius eut aussitôt envie de l'étriper. Que Titus ait fait venir cet homme qu'il haïssait depuis toujours lui faisait bouillir le sang dans les tempes. S'il l'avait pu, il aurait volontiers passé au travers du corps de ce provocateur la pique qui embrochait les saucisses fumées qu'il avait sous le nez. Le préfet du prétoire préféra se contenir mais, même au milieu des bruits de mastication et des palabres des convives échauffés par le vin, on entendit ses dents grincer.

« Installe-toi près de moi avec ton neveu, Publius, suggéra l'empereur. Et cesse un peu d'énerver mes invités. »

Publius acquiesça et s'assit à la place qu'on lui indiquait, celle à droite de Titus, réservée à l'invité le plus important. Et les dents de Servius Plotius grincèrent encore plus fort.

Les esclaves s'empressèrent d'apporter des quartiers de viande soigneusement découpés. Il y avait là de quoi satisfaire tous les goûts : agneau rôti, porc aux abricots, ragoût d'autruche, lentilles au cardon et même des moules et des rougets grillés. Mais les bouches salivèrent de plus belle quand le cuisinier apparut en personne en annonçant joyeusement : « Tétines de truie ! »

Il y eut un « ah ! » général. Publius, lui, grimaça de dégoût.

« Tu ne manges pas ? s'inquiéta l'empereur. Tu n'as pas faim après cette longue route ?

– J'avais faim en arrivant, mais toute cette nourriture m'a coupé l'appétit. À vrai dire, un potage m'aurait suffi.

– Un potage ? Heureusement que ton neveu fait honneur à mon cuisinier, lui au moins ! Tu ne l'as pas nourri à la campagne ? »

Lucius en effet n'en finissait pas de s'empiffrer. Il ne raffolait pas des tétines de truie ni du ragoût d'autruche, mais il ne pouvait rien refuser à la servante qui remplissait son assiette. Bien qu'elle ne fasse que déposer des quartiers de viande dégoulinants de sauce dans un petit plat d'argent, Lucius avait l'impression d'avoir devant lui Vénus sortant de sa conque. La beauté de cette jeune fille avait quelque chose de presque dérangeant. Elle irradiait, et ce qui l'entourait – les invités, l'empereur, le palais, tout – se réduisait, aux yeux de Lucius, au décor insignifiant de son apparition.

« Comment trouves-tu ce ragoût, Lucius ? » demanda Titus. Mais le jeune homme ne répondit pas. Il n'entendait rien.

« Lucius ? insista l'empereur.

– Je crois que ta servante pourrait lui faire avaler bien pire que ce ragoût ! » se moqua Publius.

La jeune fille fut si gênée par cette remarque qu'elle renversa par terre tout ce qui restait des truies dans un grand fracas de métal contre le marbre clair. Lucius sortit de sa torpeur, des tétines plein la toge, les pieds badigeonnés de sauce. La plupart des convives éclatèrent d'un rire gras tandis que Servius Plotius s'excita contre la pauvre servante.

« Imbécile ! Je vais t'apprendre à gâcher le travail d'un si bon cuisinier ! »

Il bondit de son lit et l'attrapa violemment par le poignet. Mais à l'instant où il leva la main pour l'abattre sur elle, Lucius s'interposa et reçut, à la place de sa Vénus, la main du préfet du prétoire en plein sur la joue. Titus se redressa et les secondes qui suivirent parurent interminables. Les convives ne riaient plus, tous les regards convergeaient vers l'empereur. Plus personne n'osait prononcer un mot. Lucius, hébété, ne savait pas quoi faire. Il craignait que sa réaction n'aggrave le sort de la servante. Servius Plotius, pas troublé du malaise qu'il venait de créer, attendait que Titus corrige lui-même cette imbécile d'esclave et le petit impertinent qui s'était dressé contre lui. Mais c'est Publius qui réagit le premier :

« Eh bien, Titus, dit-il en se relevant, on est bien accueilli chez toi ! Bienvenu au palais, mon neveu ! Toi qui étais si pressé de rentrer à Rome, tu dois être ravi ! Allez, viens, quittons cet endroit rempli de barbares.

– Non, Publius, intervint l'empereur. Rassieds-toi, je t'en prie. Et toi, Servius, sors d'ici !

– Mais enfin, répondit le préfet, c'est cette idiote qui…

– Tu n'as pas entendu ce que je viens de dire ? Sors ! Tout de suite ! »

Titus avait grondé si fort que les convives avinés s'étaient bouché les oreilles. Leurs figures grotesques avaient viré au vert. Quintus Æmilius se releva et entoura de son bras gigantesque la petite carcasse du préfet du prétoire.

« Allons, Servius, va prendre un peu l'air. Titus a parlé. Je t'accompagne si tu veux… Publius, ajouta-t-il en se retournant, nous nous verrons plus tard, ici ou ailleurs, tu dois avoir des tas d'histoires de fermier à raconter ! »

Servius Plotius dévisagea l'assistance, s'inclina vers Titus et se laissa entraîner en dehors du triclinium en serrant les mâchoires. L'empereur s'approcha alors de la servante qui ramassait la vaisselle qu'elle avait renversée et l'aida à se relever.

« Laisse ça, Flavia. Aide plutôt Lucius à trouver un vêtement propre. »

La façon dont l'empereur s'adressa à la jeune fille intrigua Publius. Il se demanda sérieusement si l'empereur n'avait pas renvoyé son préfet pour la gifle qu'avait failli recevoir cette servante plutôt que pour celle qui avait bel et bien atterri sur la figure de son neveu. Lucius, lui, oublia cet affront et suivit Flavia, un sourire béat aux lèvres, dans la pièce attenante.

« Il faut l'excuser, ajouta l'empereur en se tournant vers Publius, Servius est un peu à cran, ces derniers temps. Je réglerai cet incident plus tard, oublions ça ! »

Titus frappa dans ses mains ; cinq ou six esclaves apparurent. Deux pour nettoyer le sol, les autres pour offrir un peu de musique aux convives. Rapidement, les coupes se vidèrent de nouveau.

« Si tu me disais enfin pourquoi tu m'as fait venir ? demanda Publius.

– Tu as raison. Allons dehors. »

Ils quittèrent tous les deux l'intérieur du palais, s'engagèrent sous un imposant péristyle[1] et marchèrent sans un mot jusqu'au bord d'un immense bassin dans lequel nageaient placidement quelques poissons.

« Que penses-tu de mon jardin, Publius ? demanda l'empereur.

1. Couloir à colonnes qui fait le tour d'une cour ou d'une place.

– Il est joli… Mais moi, tu sais, je ne plante que ce que je mange. Toi, c'est de l'ombre que tu fais pousser pour la sieste de tes convives, et quelques fleurs pour flatter leurs narines.

– Ha, ha ! Publius ! Tu n'as pas tort encore une fois ! Si je le pouvais, je m'occuperais de fruits et de légumes, comme toi… Ou je ferais comme mon frère, Domitien, qui passe tout son temps dans la villa de mon père, près d'Albe.

– Domitien n'est pas au palais ? demanda Publius, surpris.

– Il n'y vient jamais ! Depuis la mort de mon père, on ne l'a pas revu à Rome. Les affaires de l'État ne l'intéressent pas. Et il faut croire que les ennuis de son frère ne l'intéressent pas beaucoup non plus… Il passe ses journées à chasser, alors qu'ici, à Rome, au cœur de l'empire, c'est moi qu'on chasse sans cesse ! »

Titus prit un air grave et Publius reconnut sur son visage la sombre paranoïa qui finissait inévitablement par s'emparer de ceux qui traînaient, comme un fardeau, les insignes du pouvoir. Combien de princes avaient envoyé dans l'Hadès des proches, des conseillers, des esclaves, des frères, des mères même, lorsqu'ils s'étaient sentis, à juste titre ou non, entourés de couteaux ? Tous. L'empereur s'agenouilla au bord de son bassin, fit glisser une pierre d'ornement mal jointée aux autres, et dévoila une petite cache. Son visage s'égaya quand il y plongea la main et qu'il en sortit ce qui y était enfoui. C'était une petite toupie en bois, usée. Le jouet de tous les enfants de Rome, quelle que soit la famille dans laquelle il leur avait été donné de naître. Titus fit rouler la toupie sur le bord du bassin. Et Publius le regardait admirer la trajectoire que prenait son petit jouet. Il y avait quelque chose de pathétique à le voir ainsi à genoux, fixant sa toupie jusqu'à ce qu'elle s'épuise. Titus était le maître de Rome ; Rome avait conquis le monde. Mais même le maître du monde ne pouvait reconquérir les heures heureuses où sa vie se résumait à faire tourner ses jouets en bois. Brusquement, la toupie s'arrêta et tomba dans l'eau claire. L'empereur se pencha et l'attrapa avant qu'un gros poisson n'en fasse son déjeuner. Il la rangea dans sa cache secrète, remit la pierre en place et retrouva son air sombre.

« Tu vois ce poisson, Publius ? Là, le plus gros de tous ? On dirait que les bords de ce bassin l'assaillent. Il est trop grand, il étouffe, on l'encercle, son monde se resserre autour de lui. Je me sens comme lui... Même les dieux sont contre moi, mon ami !

– Même les dieux ? s'esclaffa Publius. Rien que ça ! Allons, Titus, tu divagues !

– Je suis sérieux. J'étais à peine proclamé empereur qu'aussitôt la terre a tremblé ! Le Vésuve a salué le début de mon règne en crachant tout son feu ! Il ne reste plus rien de Pompéi, ni d'Herculanum, ni de Stabies !

– La terre tremble quand elle veut trembler, Titus. Ça n'a rien à voir avec toi.

– La terre tremble quand Neptune veut qu'elle tremble ! rétorqua l'empereur.

– Si tu l'as offensé, fais la paix avec lui dans le temple que ton père a bâti pour abriter tes trésors de guerre ! Sacrifie-lui un troupeau entier et rejoins ton frère à la campagne. Les choses rentreront dans l'ordre, tu verras.

– Mais je n'arrête pas de sacrifier, Publius ! Je consulte les astrologues, les oracles. Il n'y aura bientôt plus assez d'entrailles d'animaux pour que les haruspices y lisent leurs mauvais présages ! »

L'empereur suait à grosses gouttes. À Publius, et à lui seulement, il ne cachait pas son désarroi. Il paraissait réellement inquiet, il semblait même avoir peur, mais de quoi ? Titus n'avait toujours pas dit ce qui l'avait poussé à envoyer son messager pour arracher Publius à ses terres.

« Si Neptune t'en veut, répondit Publius, je ne peux rien pour toi. Je ne suis ni prêtre ni oracle. Mais tu ne m'as pas fait venir dans ton palais pour qu'on regarde ces poissons ensemble ou qu'on joue à la toupie, n'est-ce pas ? Alors, dis-moi maintenant, pourquoi je suis ici ? »

Titus soupira et lâcha enfin :

« Après l'éruption du mont Vésuve, les dieux m'ont envoyé un autre cadeau : le port d'Ostie est bloqué depuis trois jours par je ne sais quel fléau. Aucun navire ne peut accoster. Si rien ne change, c'est la pénurie. Et nous en serons tous, comme toi, à boire des potages !

– Que se passe-t-il à Ostie ? Pourquoi le port est-il bloqué ?

– Je n'en sais rien ! On me raconte tout et son contraire. Je veux que tu y ailles, Publius. Va voir et arrange-moi ça. Je ne peux pas m'y rendre, moi. Il y a trop à faire ici. L'inauguration de l'amphithéâtre approche, on ne doit manquer de rien à Rome, tu comprends ? »

Publius se mit soudain à ricaner.

« C'est pour ça que tu voudrais que je quitte ma ferme ? demanda-t-il. Pour que tes lions et tes hordes de gladiateurs débarquent jusqu'ici et s'entretuent ? Pour que le blé que tu comptes offrir au peuple pendant tes jeux soit déchargé à temps ? Envoie quelqu'un d'autre ! Demande à Servius ! Cette tête de courge jetterait son fils dans l'arène rien que pour te plaire si tu le lui demandais !

– Il ne s'agit pas que de ça, le port ne peut pas rester bloqué, tu le sais bien ! Tu es notre enquêteur, Publius ! Accepte !

– Je l'étais ! Je vis des jours paisibles maintenant, loin des gros poissons et des petits bassins. Et j'aimerais que ça continue.

– Et que fais-tu de tes journées ? Tu lis ? Tu études ? Tu observes la nature ? Tu éduques ton neveu ? C'est la vie d'un vieil homme et tu n'es pas si vieux ! Je n'ai confiance qu'en toi, Publius. Comme mon père. Fais-le pour lui, pour moi, pour l'empire. Emmène Lucius avec toi, l'air d'Ostie lui fera du bien ! Accepte, Publius. Accepte de servir Rome une dernière fois. »

Servir Rome... Publius avait passé sa vie à le faire. Et qu'est-ce que ça voulait dire, désormais ? Qui allaitait-elle encore, cette louve, qui vous mordait la main quand son humeur était maussade ? Des princes inquiets ? Leurs convives avinés ? Un peuple qui se laissait gaver de jeux sanglants pendant que d'autres trempaient leurs bagues dans la sauce trop grasse de viandes écœurantes ? Servir Rome...

Publius quitta le jardin et laissa Titus les yeux plongés dans l'eau de son bassin. Il retrouva son neveu dans le triclinium près des autres invités dont la moitié ronflait déjà. Lucius était encore sonné par la rencontre qu'il avait faite. Il regardait en direction des portes en espérant que Flavia, la servante, repasse devant lui. Les choses ne s'étaient pas passées comme il l'avait imaginé une fois qu'ils s'étaient retrouvés tous les deux. Lui qui se voyait déjà traité en héros avait vite déchanté. Flavia avait pris la peine de lui apporter une toge propre, une bassine, un linge humide pour qu'il apaise un peu sa joue gonflée, mais elle avait ajouté sèchement : « Je ne suis pas à ton service. » Et rien de plus. Elle l'avait planté là et avait disparu. Pas un mot sur le courage dont il avait fait preuve en s'interposant face au préfet du prétoire. Mais peu importait. Ce que Lucius retenait, c'est qu'avant de lui tourner le dos, Flavia avait posé sur lui ses grands yeux noirs et lui avait souri.

« Si tu n'as plus faim, Lucius, nous partons ! lui dit son oncle en se dirigeant d'un pas résolu vers la sortie du palais.

– Et où allons-nous ? demanda le jeune homme, se résignant péniblement à ne pas revoir sa servante aujourd'hui.

– Prendre l'air de la mer, à Ostie.

– À Ostie ? Mais pour quoi faire ?

– Pour une enquête ! Je t'expliquerai en route, mais si tu préfères, je peux te renvoyer à la ferme. Je suis sûr que tu manques à mes bœufs ! »

Lucius se dressa sur ses jambes et suivit son oncle. Le jeune homme ne savait pas encore ce que ce voyage allait lui réserver, mais tout valait mieux que les champs, la charrue et ces horribles bœufs ! Quelques heures à peine après avoir retrouvé Rome, Lucius et Publius remontaient tous les deux dans un char pour aller remettre le port en ordre.

Et c'est au port, à Ostie, que leurs ennuis commencèrent.

4

Le navire malade

Depuis trois jours déjà, la foule s'entassait, matin et soir, sur les quais. Le port était au point mort. Les patriciens n'étaient plus à leurs affaires ni à leurs loisirs. Les artisans avaient quitté leurs ateliers, leurs boutiques. La place des Corporations, où les marchandises étaient négociées sous les portiques, était déserte. Les temples n'étaient plus gardés, les vigiles avaient quitté leur caserne ; même les esclaves avaient abandonné leurs tâches. Tous avaient franchi les remparts et, le regard perdu au large, chacun se demandait pourquoi l'équipage de ce navire de commerce, arrivé là trois jours plus tôt, refusait de débarquer. Pire : on voyait pendre de la coque, contre le mât, sous la voile pliée, des corps disloqués. Vitulus, le procurateur[1] chargé sur place de l'approvisionnement de Rome, avait donné l'ordre strict d'attendre l'envoyé de l'empereur avant de faire quoi que ce soit. Plus le temps passait, moins il semblait possible qu'il y ait sur ce bateau le moindre survivant : l'odeur infecte qui s'en dégageait, poussée par un vent chaud, s'insinuait maintenant dans chaque rue d'Ostie.

Le jour déclinait quand le char qui transportait Publius Horatius et son neveu passa à toute allure sous la porte romaine, à l'entrée de la ville, claquant contre les pavés et filant droit vers les quais. Quand la foule vit débarquer l'attelage, on entendit un murmure de soulagement s'élever : « C'est l'envoyé de Titus. Il était temps ! »

1. Fonctionnaire romain.

Publius descendit de son char en essuyant la boue qui avait par endroits éclaboussé sa toge et pressa Lucius d'en faire autant.

« Dépêche-toi donc un peu. Il fera bientôt nuit, nous n'y verrons plus rien ! »

Vitulus s'avança vers eux en trottinant. Le gros bonhomme aux doigts boudinés par ses énormes bagues se perdait déjà en marques de respect, en compliments. Mais Publius le coupa sèchement.

« Fais-moi préparer une embarcation immédiatement, je n'ai pas de temps à perdre.

– Tu veux te rendre à bord du navire ? s'étonna Vitulus.

– Non. Je veux prendre la mer avec mon neveu jusqu'en Maurétanie pour lui faire goûter l'huile d'olive de Volubilis. Elle est exquise, tu le savais ?

– Mais...

– Bien sûr que nous voulons rejoindre le navire ! Par Hercule ! Comment savoir ce qui s'y passe, autrement ! C'est ce que tu aurais dû faire depuis longtemps ! »

Publius levait les yeux au ciel pendant que le procurateur, vexé, donnait l'ordre de mettre une embarcation à l'eau. Lucius, lui, étouffait son rire dans la capuche de son manteau. L'enquêteur prit place à bord de la barque et Lucius empoigna les rames sous les yeux du gros bonhomme qui s'indigna de les voir partir seuls.

« Mais enfin ! s'écria-t-il. Un esclave va vous conduire !

– Je n'ai pas besoin d'esclave. Mon neveu sait ramer ! » s'exclama Publius qui ne supportait pas qu'un intrus assiste à ses observations. Ça l'empêchait de réfléchir.

Publius et Lucius rejoignirent rapidement le navire et se hissèrent à bord. L'odeur infecte qui s'en dégageait était insupportable, mais ça ne semblait pas contrarier l'enquêteur. Pour Lucius, c'était autre chose. Il se couvrait le nez pour empêcher la nausée qui lui piquait la gorge de remonter. C'est que, en plus de l'odeur, il avait maintenant devant lui les chairs putrides des cadavres entassés sur le pont. Il distinguait çà et là des membres couverts de plaques et de pustules, des corps pétrifiés dans leur agonie. Certains marins avaient le visage figé dans une abominable grimace. D'autres avaient le ventre aussi gonflé que si on leur avait fait boire de force une amphore tout entière. Lucius ne put se retenir plus longtemps et vomit par-dessus le pont.

« Enfin, Lucius ! Maîtrise-toi un peu !

– Je voudrais bien, oui... répondit le jeune homme tandis que son oncle inspectait minutieusement chaque corps. Qu'est-il arrivé à ces pauvres marins ?

– Regarde, du sang a coulé de leurs narines... »

Du bout de sa sandale, Publius repoussa la nuque du cadavre qu'il venait d'enjamber et la tête du mort se tourna. Devant son rictus macabre, Lucius sentit à nouveau des remous dans son estomac.

« Tu as vu sa langue ? Elle est blanche. C'est la peste. Ils sont tous morts de la peste ! À moins que... Ressaisis-toi, Lucius ! J'ai besoin de toi.

– Tu as besoin de moi ? Pour quoi faire ? s'indigna le jeune homme accroupi contre la coque. C'est la peste, tu l'as dit ! Et couvre-toi la bouche, où tu l'attraperas aussi à force de respirer tous ces miasmes !

– Plus je regarde ces corps, plus quelque chose me gêne, poursuivit Publius sans prêter attention à la remarque de son neveu. Pas toi ?

– Ce qui me gêne, ce sont ces corps justement ! Retournons à terre maintenant ! »

Publius faisait les cent pas sur le pont. Il était hors de question qu'il s'en aille sans savoir exactement ce qui s'était passé sur ce navire. L'enquêteur était de retour et ce n'était pas pour faire les choses à moitié. Rien ne lui échapperait.

« Quelque chose ne va pas... Quelque chose ne va pas, répétait-il en boucle.

– C'est rien de le dire ! Ces marins ont la langue blanche et le ventre plus gros que la cuisse de Jupiter !

– Regarde-les mieux, Lucius ! C'est un drôle d'équipage, tu ne trouves pas ? Celui-ci porte la torque[1], c'est un Gaulois. Celui-là est dalmate et cet autre numide[2]. Et lui dans le fond, même si son visage est rongé par les pustules, on devine facilement qu'il vient d'Hispanie. Ils sont une dizaine et aucun ne vient de la même province. Tu l'aurais remarqué si tu te concentrais un peu ! Seul celui qui porte un sceau à l'index est aussi romain que toi et moi. Le capitaine, sans aucun doute...

– Et alors ? C'est cela Rome, non ? répondit Lucius, enfin debout sur ses jambes. Les provinces réunies sous l'autorité d'un seul chef. Tu me l'as assez répété.

– Oui, c'est cela Rome, et c'est bien ce qui m'inquiète ! Car leur chef, lui, n'est pas mort de la peste ! Son corps est presque intact, à l'exception de ceci. »

Publius pointa du pied la cuisse du cadavre sur laquelle se dessinait une étrange blessure. Trois trous, trois incisions alignées et profondes.

« Vu l'état des pestiférés, le Gaulois est mort le premier, suivi par le Numide et ainsi de suite, jusqu'au dernier. Mais de tous, c'est le capitaine qui a visité les Enfers le premier ! Pas à cause de la peste, à cause de trois lames trempées dans le poison : regarde, la chair de sa cuisse a pourri autour de la blessure ! »

Publius plissa les yeux comme pour mieux examiner les plaies du capitaine.

« La distance entre les incisions est parfaitement régulière... On dirait bien que notre homme est mort d'un coup de trident

1. Collier de métal porté par les Celtes.
2. La Numidie est une ancienne région d'Afrique du Nord.

empoisonné ! Il y a donc eu un meurtre au cœur de ce charnier, Lucius !

– Qu'est-ce que ça change ? Ils sont tous morts de toute façon ! s'exclama Lucius. On en a assez vu, je remonte sur l'embarcation.

– Oh non, mon neveu ! Tu n'iras nulle part ! Tu quitteras ce navire quand tu m'auras expliqué qui a assassiné ce capitaine, et pourquoi il l'a fait. »

Devant l'entêtement de son oncle, Lucius leva les yeux au ciel. Il savait bien qu'il n'y avait pas d'autre issue : sans une idée, sans une hypothèse valable, ils passeraient tous les deux la nuit ici, en compagnie de ces cadavres. Le jeune homme inspira pour se donner du courage et donna son avis :

« Une mutinerie, peut-être ? Un de ceux-là aura tué le capitaine avant d'être emporté par la maladie. L'assassin est mort. Fin de l'enquête.

– S'il y avait eu mutinerie, répondit Publius sur un ton dédaigneux, pourquoi les marins se seraient laissé mourir jusqu'au dernier dans le port d'Ostie ? Ils auraient pris la mer et auraient filé où bon leur semblait ! Ça ne tient pas, ce que tu dis. Quoi d'autre ?

– Eh bien, le navire a été attaqué par des pirates ! Ils n'auront pas eu trop de mal à aborder, l'équipage était déjà affaibli. Ils ont exécuté le capitaine et ont laissé le navire dériver jusqu'à Ostie.

– Tu connais beaucoup de pirates qui partiraient sans leur butin ? Toute la cargaison de ce navire est encore à bord ! Ouvre les yeux ! »

Lucius se prit la tête dans les mains. Qu'est-ce que Publius était pénible ! On aurait dit qu'il le pressait de parler pour évacuer de son esprit tout ce qui lui paraissait stupide et sans intérêt.

« Alors, rien d'autre ?

– Alors... Alors c'est Neptune lui-même qui a amené la peste à bord après avoir transpercé le capitaine avec son trident ! Nous n'y pouvons rien, c'est la volonté des dieux. Je retourne dans la barque.

– Sûrement, oui… Tu dois avoir raison. C'est la volonté des dieux. C'est ce que pense déjà Titus de toute façon. Et je te prédis que lorsque nous mettrons la main sur le véritable meurtrier, la volonté des dieux ne t'épargnera pas, toi non plus !

– Au point où j'en suis… marmonna Lucius. Leur volonté m'a déjà accordé un oncle plus têtu que les bœufs qu'il me force à pousser sur ses terres… »

Publius se figea brusquement. Son regard s'était posé sur le corps d'un des marins. Il s'approcha de lui et se pencha tout près de son cou. Puis, il se dirigea hâtivement vers les autres cadavres et fit de même jusqu'à ce que, d'un geste vif, il arrache du dernier mort qu'il observait un petit pendentif.

« Regarde, Lucius ! s'exclama-t-il. Ça, c'est intéressant ! Tous nos pestiférés portent autour du cou le même pendentif !

– On dirait un petit trident…

– Exactement ! Un petit trident d'or. Plus petit que celui qui a transpercé la cuisse de ce pauvre capitaine, mais un trident quand même !

– Et le capitaine ? Il en porte un aussi ?

– Bien sûr que non… », répondit Publius.

L'enquêteur s'éloigna sur le pont du navire et scruta l'eau noire, immobile, en silence. Un court instant plus tard, il s'excita comme s'il venait d'être piqué par un essaim d'abeilles.

« Tu es prêt à ramer, Lucius ? Rentrons ! Nous n'avons plus rien à faire ici !

– Comment ça, “rentrons” ? Tu as trouvé l'explication ? Tu vas me le dire, quand même ! Je ne suis pas monté sur ce sarcophage pour rien !

– Plus tard, Lucius, plus tard… Allez, attrape tes rames et filons ! Et pas un mot de tout ça à cet imbécile de procurateur. J'emporte le pendentif. »

Publius rangea le petit trident d'or dans un pli de sa toge et sauta le premier dans l'embarcation. Lucius était si soulagé de quitter le navire qu'il n'insista pas pour connaître les hypothèses de son oncle. De toute façon, ça n'aurait servi à rien. Il rama, le plus fort possible, pour laisser derrière lui le poison et la peste.

Quand ils débarquèrent, la lumière du soleil rasait la baie d'Ostie et, sur les quais, on avait déjà allumé de grands flambeaux. Devant la foule impatiente qui attendait les conclusions de Publius Horatius, le procurateur Vitulus était très inquiet. Qu'allait-il leur annoncer ? Que le port allait rester bloqué jusqu'aux prochaines calendes ? C'était mauvais pour les affaires.

« Alors ? » demanda le procurateur qui pour la première fois de sa vie avait pris son repas debout, dehors, sans danseur ni poète pour le distraire.

Publius s'efforçait de se tenir à distance tant les doigts du préfet étaient luisants de graisse.

« Alors, ils sont tous morts, répondit-il. C'est la peste. Laissez le navire là où il est, et brûlez-le. Quand tout sera consumé, le port pourra reprendre son activité normale. »

Il y eut des cris de joie et la foule commença à se disperser. Le visage de Vitulus s'égaya aussitôt. Depuis le début, il le savait. Il l'avait dit que ce n'était pas grand-chose ! Si ça n'avait tenu qu'à lui, il y serait allé lui-même sur ce navire ! Mais les règles du port, il fallait bien s'y faire… S'il y avait eu à bord une armée embusquée prête à prendre la ville, qui aurait trinqué ? Lui, bien sûr ! On était si près de Rome, ça aurait fait du vilain, une armée qui débarque et sème la zizanie à quelques encablures du palais de l'empereur ! Enfin… on allait faire brûler ça immédiatement et tout allait rentrer dans l'ordre.

Ni Publius ni Lucius n'écoutait les remarques ridicules du gros Vitulus. Ce qui leur importait maintenant, c'était de regagner les chambres qu'on leur avait réservées.

« Vous serez très bien chez moi, dit le procurateur, je vous ferai servir un repas digne des cuisines de Titus ! Vous pouvez me faire conf... »

Mais soudain, parmi le reste de la foule attroupée, la voix chevrotante d'un vieil homme s'éleva.

« Ô, mauvais présage ! Ignorants Romains ! Écoutez ce que vous dit la mer ! »

Lucius sursauta et bouscula son oncle qui, intrigué, demanda au procurateur qui était cet homme à la peau burinée et à la barbe hirsute.

« C'est un vieux fou, un pêcheur, un esclave affranchi. Voilà près de six mois qu'il annonce la ruine de l'empire. Donnez-lui un as[1], il se calmera vite. »

Vitulus saisit une pièce entre ses doigts poisseux et la lança aux pieds du vieillard.

« Allez, tiens ! Ramasse et laisse-nous en paix ! C'est la dernière fois. »

Le pêcheur se jeta sur l'as de bronze et, tout en se relevant, il ajouta :

« Moi, je vous laisserai en paix. Mais les dieux sont contre vous, Romains ! Vous êtes trop arrogants ! Vous ignorez la mer ! Vous la croyez soumise de bout en bout à vos légions ! La terre s'est ouverte à Pompéi et maintenant, la peste ! Qu'y aura-t-il d'autre demain pour vous punir ? Neptune aux cheveux bleus, le dieu qui fait trembler la terre, le souverain des flots, Neptune, oui ! C'est lui qui vous accable ! Personne ne peut soumettre cette mer, ni les terres qui la bordent, ni les hommes qui y vivent ! Neptune vous accable ! »

Publius soupira : « Vous vous êtes passé le mot ? Encore un qui est d'accord avec toi, Lucius ! C'est Neptune qui est derrière tout ça !

1. Monnaie romaine, pièce de bronze ou de cuivre.

– Excuse-le, Publius. C'est un vieux fou, je te l'ai dit... Allons chez moi », insista Vitulus en prenant l'enquêteur par le bras.

Mais Publius se déroba et s'avança vers le pêcheur. Il sortit le pendentif qu'il avait arraché au cou d'un des marins, l'agita sous son nez et demanda : « As-tu déjà vu ceci quelque part ? Sais-tu ce que c'est ? »

Le pêcheur le fixait, hébété, incapable de répondre. Lucius s'approcha de son oncle et lui glissa à l'oreille : « C'est inutile, cet homme est aveugle. »

Publius passa la main devant le visage buriné du vieillard et celui-ci ne réagit pas non plus.

« Pas de chance, marmonna-t-il, il ne me semblait pas si fou... »

L'enquêteur rangea le petit trident d'or et suivit son neveu en direction du char où Vitulus, encore ébloui par l'éclat du pendentif, les attendait déjà.

*

Tard dans la nuit, alors que l'on n'entendait plus dans les rues d'Ostie que les cris des oiseaux nocturnes, l'imposante silhouette du procurateur se dandinait dans les ruelles à la faible lumière d'une lanterne. Deux hommes l'accompagnaient, et Vitulus faisait tous les efforts du monde pour se retenir de les gifler. Ses hommes faisaient du bruit et il craignait de se faire remarquer.

« Vous allez vous taire, oui ! Si cette fouine de Publius Horatius se réveille, vous finirez sur le sable du nouvel amphithéâtre au milieu des fauves ! On en attend deux mille pour l'inauguration ! »

Ils rejoignirent la porte marine en silence et, une fois sur les quais, ils montèrent à bord de l'embarcation dont s'étaient servis Publius et Lucius. Comme eux, ils ramèrent jusqu'au navire malade qui n'avait toujours pas été détruit. Les deux hommes hissèrent péniblement leur maître à bord et, écœurés par la vision des cadavres, ils attendirent les ordres en détournant les yeux.

« Allez ! Fouillez partout ! Ce que je veux surtout, ce sont des étoffes, des épices et des pierres. Les olives, le *garum*[1] et le vin, ça ira comme ça. J'en ai plein ma réserve ! »

La rapacité du gros Vitulus le faisait suer d'excitation. Il enjambait les marins infectés et sillonnait le bateau comme un pilleur de temples, espérant que sous chaque cordage se cache quelque trouvaille qui viendrait faire grossir l'immense fortune qu'il possédait déjà. Mais, malheureusement pour lui, il n'y avait à bord ni pierres ni épices. Seulement quelques amphores.

« Il n'y a rien d'intéressant, dit l'un des deux hommes.

– Rien ? Tu es sûr ? Ils ont dû jeter l'or en se sentant mourir, les vauriens ! Déchargez-moi ces amphores, on ne va pas laisser ça au fond de la mer, quand même ! On trouvera bien des acheteurs sur le forum. Et cet idiot de Publius qui voulait tout faire brûler… Ce qu'il ne faut pas faire pour gagner sa vie correctement, par Hercule ! »

Vitulus avait l'air encore plus ridicule quand il était en colère. Il balaya le pont du regard et s'apprêta à quitter le navire quand quelque chose attira son attention.

« Éclaire un peu par ici, ordonna-t-il. Eh bien voilà ! Voilà où cette fouine avait trouvé de l'or ! Autour du cou des morts ! Ces bijoux sont trop précieux pour des vauriens pareils ! Ça serait bien dommage d'offrir ça aux poissons ! »

Et il se pencha pour décrocher le petit trident d'or du cou d'un des marins. Il répugnait un peu à approcher sa main de cette tête hideuse, couverte de pustules, mais l'or l'attirait plus que la peste ne le dégoûtait.

1. Sauce de viscères de poissons fermentés dans du sel.

« Qu'est-ce qu'il est laid... », pensa-t-il.

Alors que ses gros doigts se refermaient sur le pendentif, il crut sentir sur sa main la respiration lente et chaude du mort qu'il dépouillait. Il s'approcha plus près et tendit l'oreille. Oui, le cadavre râlait, un peu de vie coulait encore dans ses veines boursouflées. Vitulus ne pouvait s'empêcher d'écouter ce souffle qui s'amenuisait. Il suivait attentivement chaque expiration jusqu'à son terme, comme pris au jeu par ce compte à rebours. Il attendait la dernière expiration pour arracher le bijou. Soudain, il lui sembla que les râles n'étaient plus des râles mais que le mourant essayait de parler. Il se pencha plus près encore et entendit alors le marin prononcer très distinctement : « *Mare Invictum...* » Et avant même qu'il n'ait le temps de s'écarter, Vitulus se fit mordre jusqu'au sang entre l'oreille et la joue. Le procurateur poussa un hurlement terrible et l'homme qui lui tenait la torche fit un bon en arrière.

« Vitulus ? Tout va bien ?

– Bien sûr que non, imbécile ! s'écria-t-il, la main sur le visage. Il vient de me mordre ! Achève-le et brûle ce bateau, on s'en va. »

Quelques instants plus tard, le navire était en feu.

Le lendemain matin, Publius et Lucius, pressés de rejoindre Rome, se réveillèrent de bonne heure et firent atteler leur char. Ils attendaient Vitulus dans l'élégant jardin à l'arrière de la maison. Publius s'impatientait. Lucius, lui, se remettait difficilement de la nuit qu'il avait passée à ressasser des images de cadavres. Ce n'était qu'au petit matin qu'il avait trouvé la paix quand la servante du palais de Titus lui était apparue en rêve. Malheureusement, il s'était réveillé plus tourmenté encore : la main de la servante lui avait échappé quand son oncle était venu le tirer de son lit. On avait presque atteint la troisième heure quand un esclave s'avança vers eux. Tête baissée, il leur annonça que son maître était souffrant. Vitulus ne pouvait quitter son lit, il s'excusait et leur souhaitait bonne route. Publius, d'ordinaire si calme, entra dans une colère noire. Non seulement ce procurateur était bête et vulgaire, mais ça ne lui suffisait pas : il lui fallait être grossier.

« Laisse-moi deviner : il est pâle, c'est ça ? Sa tête est plus lourde que le plomb et son lit est rempli de vomissures, je me trompe ? Ce pourceau doit encore être en train de cuver tout le vin qu'il a bu hier soir ! »

Le pauvre esclave ne savait plus où se mettre. De toute évidence, Publius avait raison, le procurateur avait trop bu et n'était même plus capable d'honorer ses hôtes.

« Eh bien, tant mieux ! Il nous aurait retardés ! Tu lui diras que je saluerai l'empereur de sa part et que je lui recommanderai la maison de ton maître ! Allez, mon neveu, partons ! »

Lucius et Publius sautèrent dans leur char et quittèrent Ostie le plus vite qu'ils purent. Un peu trop vite, peut-être. Car s'ils avaient pris la peine de rester quelques heures, ils se seraient aperçus que si Vitulus était malade, ce n'était pas à cause du vin. Et surtout, ils auraient pu constater que cette nuit-là, un autre meurtre avait été commis. Peu de temps après leur départ, on allait retrouver le corps sans vie du vieux pêcheur aveugle, à même le sol, étouffé dans le sel, sur la grande mosaïque des thermes les plus proches de la porte romaine. Les thermes de Neptune.

5

Le grand incendie

Publius avait hâte de faire son rapport à Titus. Le port allait reprendre une activité normale, et les dieux n'étaient pour rien dans cette histoire. L'empereur n'avait cependant pas tout à fait tort de s'inquiéter. Ces morts sur ce navire ne présageaient rien de bon. Et l'enquêteur était persuadé que ce pauvre capitaine n'était pas la seule cible visée. Lucius, lui, était totalement remis de ces visions d'horreur. La proximité de Rome lui allégeait le cœur et la brise matinale causée par la course du char le revigorait.

« Tu ne m'as toujours pas dit pourquoi nous avons quitté le bateau si vite, hier soir. Tu as deviné qui était l'assassin du capitaine ? demanda-t-il.

– À vrai dire, Lucius, plus je pense au sort qu'il a subi, plus je crains qu'il ne soit que la première victime d'une longue liste...

– Tu ne vas pas me faire croire que l'empire tout entier est en danger parce qu'un pauvre capitaine qui n'a pas su tenir ses hommes s'est fait transpercer la cuisse ?

– Par Jupiter, Lucius ! hurla soudain Publius en stoppant son char. Là ! »

Lucius regarda dans la direction qu'indiquait le bras tendu de son oncle ; la vision cauchemardesque qu'ils avaient devant eux leur arracha un cri d'épouvante. Rome était en feu. D'où ils étaient, ils distinguaient les flammes qui ravageaient le Capitole, le champ de Mars, et qui se répandaient dans les régions alentour. Le jeune homme, ahuri, se demandait s'il n'était pas en proie à des hallucinations. Deux mois à s'ennuyer au fond d'une ferme, et voilà qu'en deux jours les événements funestes se multipliaient ! Même son oncle avait du mal à garder la tête froide.

« Dépêchons-nous, Lucius ! ordonna-t-il, l'empereur est peut-être en danger !

Ils cavalèrent à bride abattue et rejoignirent vite l'enceinte fortifiée de la ville. Les Enfers n'étaient rien à côté de ce qu'ils virent à l'intérieur. Les flammes léchaient des immeubles dont les toits s'affaissaient. Linteaux, charpentes, pans de murs entiers étaient renversés par terre, noircis, écrasant les malheureux qui n'avaient pu s'écarter à temps. L'incendie gigantesque encerclait une cohue ahurissante. Hommes, femmes et enfants se mêlaient aux vigiles pour essayer de venir à bout du feu avec de vulgaires seaux d'eau. Des enfants seuls, terrifiés, hurlaient, perdus dans les débris de temples et de statues. Les chiens fuyaient, les rats sortaient de leurs caches et grouillaient dans les rues. Partout des cris, des pleurs, l'horreur. Rome se consumait.

Au milieu de ce chaos, Publius luttait pour emmener son char jusqu'au palais ; mais il devenait de plus en plus difficile à manœuvrer. Les chevaux ruaient, pris de panique.

« Attention ! » cria Lucius.

Mais il était trop tard, le char s'était renversé et les chevaux, l'œil fou, lançaient leurs sabots au hasard, contre les chiens qui leur montraient les dents, contre les flammes, contre les débris du char qu'ils traînaient. Publius aida son neveu à se relever.

« Tu n'as rien, Lucius ?

– Je vais bien », répondit-il en se tenant le crâne.

Mais lorsqu'il fut enfin sur ses jambes, Publius le vit pâlir.

« Tu es sûr que ça va ?

– Le... le... mur, baragouinait le jeune homme.

– Qu'est-ce que tu dis ? Lucius ! Est-ce que ça va ?

– Là, sur le mur ! Derrière toi ! »

Publius se retourna et se figea. Au cœur de cette fournaise que le peuple tout entier cherchait à fuir, ni l'enquêteur ni le jeune homme ne bougeaient plus. Ils restaient immobiles, la mâchoire pendue, stupéfaits devant ce mur de pierre sur lequel étaient tracées au charbon trois orgueilleuses pointes.

« Le trident ! s'exclama Publius, bouleversé de voir que ses soupçons se confirmaient.

– Là-bas, un autre ! »

À quelques pas de là, sur la façade d'un autre immeuble, un second trident noir provoquait la ville sinistrée.

« Vite, Lucius, il y en a sûrement d'autres ! »

À peine avaient-ils rejoint le second trident qu'un troisième leur apparut. Et puis un autre encore. Tous les vingt ou trente pas, la maudite marque les toisait. Ils remontaient la piste, haletant, évitant les décombres et les gens, comme si ceux qui avaient embrasé Rome les attendaient bien sagement au bout de leur course insensée. Mais Publius se rendit compte que plus ils se laissaient conduire par les tridents, plus ils s'éloignaient du palais. Il s'arrêta brusquement, reprit son souffle et ordonna à son neveu :

« File au palais ! Va retrouver Titus ! Assure-toi qu'il est en sécurité !

– Et toi ?

– Je verrai bien si je trouve celui qui dessine au charbon dans ces rues.

– Et après ? s'inquiéta Lucius.

– Je n'en sais rien ! Allez, vite ! Fais ce que je te dis ! »

Lucius obéit et vit son oncle disparaître. Que pouvaient-ils faire d'autre tous les deux ? Il n'y avait pas un soldat qui ne soit occupé à tenter de sécuriser la ville. Ils étaient seuls. Il n'y avait qu'eux qui étaient conscients qu'il se tramait quelque chose. Il fallait sur-le-champ prévenir l'empereur. Lucius s'empressa de remonter les rues du Vélabre pour rejoindre le Palatin. Il traversa le marché aux bœufs en essayant d'ignorer les cris et les appels à l'aide. Mais, au pied de la colline surmontée par la résidence impériale, la voix d'une femme l'empêcha de faire un pas de plus. Elle ne se lamentait pas. Elle exigeait qu'on vienne. Derrière la devanture d'une boutique effondrée, elle était prise au piège, les jambes coincées sous une lourde poutre. Lucius passa la tête à travers la brèche béante qui donnait sur la rue. Cette femme n'était pas seule. Elles étaient deux, et l'autre était inanimée.

« Aide-nous », lui dit-elle.

Et lorsqu'il vit son visage, Lucius en eut le souffle coupé. Ce n'était pas une femme ordinaire, on aurait dit une déesse farouche égarée dans les décombres. Le jeune homme se perdait dans son regard intense au fond duquel s'allumait un incendie bien plus terrible que celui qui l'avait coincée là. Des yeux pareils, il n'en avait croisé qu'une seule fois.

« Dépêche-toi ! s'écria-t-elle. Ma fille est inconsciente ! »

Lucius sentit son cœur tambouriner dans sa poitrine ; il le rouait de coups. Son pouls s'accéléra. Il oublia l'empereur, bondit à travers la brèche et souleva la poutre, libérant à la fois la fille et la mère.

« Flavia ! » s'écria-t-il en prenant entre ses mains le visage de la jeune fille.

Oui, c'était bien Flavia, la servante de Titus, allongée dans ces ruines. Que faisait-elle ici ? Et qui était cette femme qui se disait sa mère ?

« Tu la connais, Romain ? demanda-t-elle à Lucius, aussitôt dégagée.

En voyant comme ce jeune patricien semblait affecté par l'état de sa fille, elle aurait eu du mal à croire qu'il l'avait rencontrée la veille. Soudain, Flavia parut reprendre ses esprits ; ses paupières s'agitaient sans qu'elle puisse encore ouvrir les yeux complètement. Sa mère repoussa Lucius pour prendre sa place et l'expression de son visage lui parut moins sévère.

« Flavia..., murmura-t-elle. Flavia, je suis là... »

Elle lui passa la main sur le front et la jeune fille esquissa un sourire timide. Elle était faible, mais elle était en vie et cela suffisait à sa mère. Brusquement, celle-ci se tourna vers Lucius et demanda :

« Tu peux la ramener au palais, Romain ?

Lucius resta interdit.

« Tu peux, oui ou non ? insista-t-elle

– Oui, bien sûr », répondit-il en soulevant lentement le corps de Flavia.

La mère caressa une dernière fois le front de sa fille, se redressa en chancelant et, passant tout prêt de Lucius, se faufila sans un mot de plus à travers l'ouverture de la façade à demi effondrée. C'est alors que le jeune homme remarqua sur elle un détail qui lui glaça le sang.

« Attends ! » lui cria-t-il.

Lorsqu'elle se retourna, Lucius, effaré, constata qu'il ne s'était pas trompé. Autour du cou de cette femme pendait aussi un petit trident d'or.

Elle se volatilisa et Lucius se retrouva seul, au beau milieu de Rome encore fumante, avec cette fille dont il s'était épris aussitôt qu'elle avait renversé sur sa toge cet infâme ragoût. Il ne savait plus quoi penser. Pourquoi la mère de Flavia portait-elle ce maudit pendentif ? Est-ce que Publius avait vu juste en pensant que les marins malades étaient des criminels ? Si oui, cette femme était-elle de mèche avec eux, ou avec les incendiaires ? Et si elle l'était, comment ne pas penser que Flavia puisse l'être elle aussi ? Il y avait depuis qu'il était revenu à Rome beaucoup trop de tridents pour qu'il ne s'agisse que d'une coïncidence. Cependant, plus il avançait vers le palais, moins ces questions sans réponse n'avaient d'importance. Flavia était dans ses bras, endormie, et son cou à elle ne portait aucun bijou. De toute façon, elle aurait pu avoir étranglé de ses mains chaque famille romaine, cela n'aurait rien changé.

Il veillerait sur elle, au moins jusqu'à ce qu'il la remette à l'intendant qui commandait les esclaves. Autant la veille, il s'était senti ridicule de s'être pris pour un héros après avoir reçu la gifle du préfet à sa place, autant cette fois, il n'y avait pas de doute : il la sauvait pour de bon. Personne ne lui enlèverait ça. Et qu'importe s'il mettait deux fois plus de temps pour prévenir l'empereur. N'avait-il pas une garde personnelle prête à se sacrifier si le danger approchait ? Lucius savourait chaque minute qui lui restait à passer sans intrus, sans obstacle, entre lui et Flavia.

En arrivant au palais, sa rêverie se consuma. Le feu n'avait pas pris jusqu'ici mais l'agitation était grande. Lucius chercha l'intendant, à bout de forces, mais ne parvint pas à le trouver parmi ces gens qui s'affairaient en tous sens. Heureusement, une vieille servante reconnut Flavia.

« Qu'est-ce qui lui est arrivé ? demanda-t-elle affolée.

– Je l'ai trouvée inconsciente, elle a dû tomber et se cogner la tête. Elle respire, elle va mieux. Dis-moi où je pourrais l'allonger, je ne sens plus mes bras ! »

La servante s'empressa d'accompagner Lucius dans l'endroit du palais réservé aux esclaves.

« Tu peux la coucher là, lui dit-elle en désignant une paillasse sale.

– C'est son lit ? demanda Lucius.

– Non, c'est le mien. Celui de Flavia est ailleurs. »

La servante fut très étonnée de la délicatesse avec laquelle Lucius déposa Flavia sur sa paillasse.

« Ce n'est pas tous les jours qu'on voit un patricien se préoccuper du sort d'une esclave.

– Elle dort, murmura Lucius.

– Tu peux partir, ajouta-t-elle, je vais m'occuper d'elle. »

Lucius observa Flavia encore une minute. Elle dormait, oui. Et la paillasse soudain ressembla à la litière d'un prince.

« Comment t'appelles-tu ? demanda le jeune homme à cette vieille femme.

– Drusilla, répondit-elle.

– Peux-tu me dire, Drusilla, si la mère de Flavia est aussi esclave au palais ?

– Sa mère ? Flavia n'a pas de famille. C'est l'empereur qui l'a amenée ici. »

Lucius sonda des yeux la servante. Elle lui parut sincère. Le mystère qui entourait Flavia s'épaississait. Mais ce n'était pas le moment d'en percer les secrets. La jeune fille était entre de bonnes mains, il fallait la laisser maintenant et s'assurer que l'empereur lui aussi était sauf. Lucius fila à la hâte et arpenta le palais pour essayer de retrouver le triclinium. Peut-être que de là, il pourrait rejoindre les appartements de Titus, ou tomber sur sa garde, ou même sur son préfet du prétoire ? Le jeune homme s'engagea dans les couloirs, contourna les colonnes, courut de pièce en pièce, mais le palais était immense et il s'y perdait. Tout à coup, il aperçut une petite assemblée réunie dans un bureau : des gardes, des prêtres, quelques membres de la chancellerie entouraient l'empereur. Servius Plotius et Quintus Æmilius étaient là eux aussi. Et Publius. L'enquêteur était arrivé jusqu'ici bien avant son neveu. Lorsqu'il vit Lucius s'approcher d'eux à bout de forces, Publius fut d'abord soulagé de le voir sain et sauf. Puis il fronça les sourcils et se dirigea vers lui, en l'écartant des autres.

« Par Hercule, Lucius ! Qu'as-tu fait ? Où étais-tu ?

– Je...

– Ne reste pas là, va m'attendre dans le jardin, je viendrai te chercher. »

Lucius obéit, se traîna jusqu'au jardin, et près du bassin où nageaient nonchalamment les gros poissons, il s'effondra de fatigue.

*

Publius ne le rejoignit qu'à la nuit tombée. Au capitole et sur le champ de Mars, le feu n'était toujours pas éteint ; la ville éternelle brillait même la nuit.

« Lucius... Lucius, réveille-toi ! »

Le jeune homme émergea lentement. Le palais était calme, mais Lucius comprit en voyant son oncle que tout n'était pas réglé pour autant.

« Rome brûle encore ? s'inquiéta-t-il.

– Oui. Il leur faudra deux jours de plus au moins pour venir à bout de l'incendie...

– Et Titus ?

– Titus ? Il pense que les dieux s'acharnent encore sur lui... », soupira Publius.

Lucius s'appuya sur son oncle et se releva. Ils firent quelques pas côte à côte en longeant les allées de bosquets fleuris.

« Tu lui as parlé des marins d'Ostie ? demanda-t-il.

– Je lui ai simplement dit que tout était rentré dans l'ordre. Il y avait trop de monde autour de nous, je n'ai confiance en personne. Dès que je pourrai me retrouver seul avec lui, je lui dirai tout. Mais ça peut prendre du temps, la garde est redoublée, il va y avoir des soldats dans chaque coin de ce palais...

– Et les marques au charbon ? Les tridents ?

– Je n'ai rien eu à lui dire là-dessus ! La piste que j'ai suivie m'a fait tourner en rond mais en rentrant au palais, une belle surprise m'attendait, figure-toi ! Un dernier trident noir avait été tracé au-dessus du lit de l'empereur !

– Mais c'est impossible ! Comment celui qui a fait ça a-t-il pu entrer ici ?

– Tu comprends pourquoi je t'ai dit que je n'avais confiance en personne, Lucius !

– Mais qu'est-ce que c'est que ces marques ? Un avertissement ? Une signature ?

– Je n'en sais rien encore. Titus pense que c'est Neptune lui-même qui s'est mis au dessin, et cette tête de courge de Servius Plotius ne cherche pas plus loin. De toute façon, ce qui préoccupe l'empereur, c'est l'inauguration de son amphithéâtre ! »

Lucius semblait complètement abattu. Son oncle lui trouvait une mine effroyable ; pire encore que celle qu'il affichait après les travaux des champs. Publius, pourtant si perspicace, ne pouvait deviner les doutes qui torturaient son neveu. Si les soupçons portaient sur quelqu'un du palais, comment ne pas penser une fois de plus à Flavia ? Il avait vu le trident autour du cou de sa mère ! Parce qu'elle avait une mère qu'elle essayait de cacher ! Était-il possible qu'il ait sauvé celle qui finirait tôt ou tard par porter à Titus un coup mortel ? Non. Il refusait d'y croire. Et pourtant cette fille, il ne la connaissait pas.

Il ne fallait surtout pas que Publius sache quoi que ce soit de ce qu'il avait vu. Pas avant qu'il n'ait lui-même éclairci les intentions de Flavia, si toutefois elle en avait. Mais comment ? Comment savoir qui elle était vraiment ? Comment passer du temps auprès d'elle sans qu'il n'y ait entre eux ni rien ni personne qui puisse les empêcher de se connaître ?

« Allons dormir, Lucius. Titus nous loge dans une petite maison, à deux pas d'ici. Tu m'as l'air épuisé ! Je te croyais plus solide...

– Toutes ces choses en seulement deux jours, ça fait beaucoup, répondit le jeune homme en soupirant.

– Ha, ha ! Bienvenue à Rome ! Tu ne vas pas me dire que tu regrettes la ferme ? »

Lucius réfléchit un instant. La ferme. Isolée. Rien que des arbres, des terres et des bœufs. Il l'avait, son aubaine.

« Peut-être que si..., lâcha-t-il.

– Tu te moques de moi ! C'est quoi ? La poésie ou les bœufs qui te manquent le plus ?

– Ni l'un ni l'autre… J'aimerais y retourner quelques jours, c'est tout.

– Tu es sérieux, Lucius ? On vient d'arriver ! Et la ville, alors ? Et les boutiques, et le monde ?

– Il faut croire que je m'étais habitué au calme…

– Et l'enquête ? J'ai besoin de toi, ici… L'heure est grave, un complot se prépare. »

Lucius se tut et Publius sourit. Que la situation s'inverse à ce point lui parut bien étrange. Son neveu voulait retrouver la ferme alors que lui était coincé à Rome dans une affaire peut-être pire encore que celles qu'il avait déjà résolues, quelle ironie ! Publius sentait bien qu'il y avait quelque chose là-dessous. Mais l'enquêteur savait aussi qu'il ne servait à rien de secouer un arbre quand ses fruits n'étaient pas mûrs. Lucius voulait rentrer à la ferme ? Qu'il y aille. Tôt ou tard, il saurait.

« Eh bien, vas-y ! Mais reviens ici avant que l'empire ne s'effondre ! »

Tous les deux quittèrent le palais en silence et rejoignirent la maison qui leur avait été réservée ; peu de temps après, ils s'endormirent.

À l'aube, Lucius loua un grand char équipé d'une voiture couverte. Seulement le char, sans personne pour le conduire à sa place. Il se rendit au palais, retrouva Drusilla, la vieille servante qui avait offert sa paillasse à Flavia. La jeune fille y était toujours allongée.

« Comment va-t-elle aujourd'hui ? lui demanda Lucius.

– Mieux. Elle a un peu bu dans la nuit. Mais elle délire dans son sommeil.

– Je l'emmène avec moi », répondit-il sans rien ajouter.

Et, sous les yeux écarquillés de la vieille servante, Lucius déposa Flavia dans son char et l'emmena loin de Rome.

6

Retour à la ferme

Lucius avait installé Flavia dans la chambre de son oncle. En dehors de quelques murmures délirants, la jeune fille était restée endormie durant tout le trajet et rien ne semblait pouvoir la tirer de son sommeil. Ni le tintamarre qu'avaient fait Marcus et Livia, étonnés de voir débarquer le jeune homme, ni les bruits que faisait leur fils, Félix, en s'empiffrant de galettes au-dessus du lit ne l'avaient réveillée. Tous les quatre demeuraient à présent silencieux au chevet de la jeune fille. L'intendant et sa femme la fixaient, bouche bée, stupéfaits par sa beauté singulière égarée dans leur bâtisse rustique. De temps en temps, elle s'agitait et marmonnait dans une langue que personne ne comprenait. Ce n'était pas du latin. Ce n'était pas du grec non plus ; Lucius, qui en connaissait les rudiments grâce à l'enseignement de Publius, en aurait reconnu quelques bribes. Flavia baragouinait un charabia que personne n'avait jamais entendu ici.

« Est-ce que cette fille est folle ? demanda Livia, ce qui eut aussitôt pour effet de faire glousser son fils.

– Pas du tout ! s'indigna Lucius. Elle est souffrante. On va rester là jusqu'à ce qu'elle aille mieux. Mon oncle a encore à faire à Rome. Il nous rejoindra plus tard. »

Marcus et Livia échangèrent un regard soupçonneux tandis que leur fils replongeait la main dans sa besace pour attraper un nouveau morceau de galette.

« Laissons-la », dit Lucius, et ils quittèrent la pièce pour écouter les mensonges que le neveu du maître de maison tenait à leur servir en guise d'explication.

La petite famille se contenta d'une histoire grossière de cousine fatiguée par la vie en ville et retourna à ses travaux. Après tout, en l'absence de Publius, Lucius pouvait bien décider de faire ce qu'il voulait, ça leur était complètement égal. Durant les heures qui suivirent, Lucius veilla sur Flavia, lui humidifiant les lèvres avec un peu d'eau fraîche, lui épongeant le front, la couvrant quand il lui semblait qu'elle grelottait un peu. Il passa la journée à ses côtés, oubliant de manger et de boire, ne sachant plus vraiment s'il espérait qu'elle se réveille. Qu'est-ce qu'elle dirait en se retrouvant au milieu de cette campagne, loin de tout ce qu'elle connaissait, surprise, apeurée, perdue, en colère à coup sûr ? Mieux valait profiter de ces moments qu'il lui volait, car ensuite, il faudrait qu'il s'explique. Qu'il lui dise pourquoi il l'avait enlevée au palais, qu'il la fasse avouer si elle était de ceux qui en voulaient à Rome.

Plus Lucius se perdait dans la contemplation de son visage, plus il se convainquait qu'elle n'y était pour rien. Et les déductions de son oncle lui apparaissaient comme le délire d'un homme amer, trop longtemps écarté du monde. Pourquoi voir un assassinat sur le navire d'Ostie ? Ce n'était pas assez de mourir de la peste, plein de pustules et la langue blanchie ? Fallait-il vraiment que ces pauvres marins soient accusés de crime, en plus ? Le capitaine se sera blessé à la cuisse en pêchant depuis le pont, une infection aura fait le reste. Les pendentifs ? Eh bien, quoi ? N'a-t-on jamais vu d'autres bijoux à la mode dans l'empire ? Quant aux dessins au charbon sur les murs de Rome, rien ne disait qu'on les avait tracés là pour annoncer le malheur et la mort... Ces tridents pouvaient tout aussi bien avoir été dessinés par un prêtre voulant attirer sur la ville les bons soins de Neptune ! Et c'était ce même homme, sûrement, qui en avait tracé un autre dans la chambre de Titus pour que l'empereur, comme Rome, soit sous la protection du dieu des mers ! Ces tridents, ça ne voulait rien dire d'autre. Est-ce qu'on criait au complot à chaque fois que l'on croisait la foudre de Jupiter ou le glaive de Mars partout représentés, jusque sur les sesterces qui circulaient aux quatre coins de l'Empire ? Non. Est-ce qu'on pouvait sérieusement déceler le crime sur ce visage assoupi, alors que sans danger on passait doucement la main dans les épais cheveux noirs qui l'encadraient ? Non plus.

Lucius se laissa emporter par l'obscurité de la nuit et s'endormit à son tour, à même le sol, au pied du lit où Flavia marmonnait dans sa langue étrange des mots qu'il s'empressait de traduire à sa façon, en s'imaginant qu'ils lui étaient réservés.

Des hurlements de harpie firent trembler la ferme aux premières lueurs du jour. Flavia s'était réveillée. Complètement affolée dans cette chambre encore obscure, elle ne prit pas le temps de se demander ni où elle était ni comment elle avait atterri là. N'apercevant à travers la petite fenêtre que des arbres et des terres à perte de vue, elle ne pensa qu'à fuir. Mais lorsqu'elle posa les pieds à terre, elle s'effondra au sol. Ses blessures étaient encore vives. Elle s'étala de tout son long sur le pauvre Lucius qui, après avoir passé la nuit allongé sur la pierre froide, se leva à l'heure de la campagne, un coude enfoncé dans le front. C'est à ce moment-là, quand Flavia réalisa que sous son corps avachi étouffait un jeune homme, qu'elle commença à hurler. Lucius, après son coude, reçut sa main dans la figure et la vit se traîner à l'autre bout de la pièce en vociférant. La jeune fille allait tout de même mieux que la veille ; elle s'exprimait maintenant dans un latin très clair :

« Écarte-toi de moi, espèce de porc ! Qu'est-ce que je fais ici ? Où je suis ? Ne t'approche pas, ou je t'arrache les yeux ! Qui es-tu, toi ! Je te reconnais ! Tu étais au palais ! Qu'est-ce que tu as fait ? Tu m'as enlevée ? Tu sais qui je sers ! Tu seras jeté dans l'arène avec les fauves ! À l'aide ! Il n'y a personne ? Alors, viens, monstre, que je t'étrangle ! Viens, je n'ai pas peur de toi ! »

Décidément dans cette ferme, les réveils étaient toujours difficiles... Lucius n'avait pas encore ouvert la bouche. Il ne savait pas par où commencer, les choses s'annonçaient mal.

« Calme-toi..., lui dit-il, laisse-moi t'expliquer...

– Qu'est-ce que tu veux, hein ? Qu'est-ce que je fais là ? Si tu me veux du mal, je te préviens, tu vas le payer cher ! »

Flavia le dévisageait de ses grands yeux noirs plus menaçants que deux javelines prêtes à le transpercer.

« Je ne te veux pas de mal..., répondit Lucius. Tu t'es blessée dans l'incendie, je t'ai recueillie et maintenant tu vas mieux. C'est tout... »

Le regard de la jeune fille se radoucit à peine. Elle se méfiait toujours.

« Ah, oui ! Tu trouves que je vais mieux ! Je ne peux pas me tenir debout ! Reste où tu es ! N'approche pas ! s'écria-t-elle en brandissant le poing alors que Lucius s'avançait pour l'aider à se relever.

– Puisque je te dis que je ne te veux pas de mal... »

Alors que Lucius s'apprêtait à s'asseoir sur le lit le temps que Flavia se rende compte qu'il ne voulait que son bien, Marcus, Livia et Félix déboulèrent dans la chambre, alertés par les cris de la fausse cousine.

C'est le visage ahuri de Félix que Flavia vit en premier. Et ses hurlements redoublèrent.

« Qu'est-ce que vous me voulez ? Et qu'est-ce qu'il cherche, celui-là, la main dans son sac ? Un couteau ? Je sais me défendre ! Sortez d'ici ! Laissez-moi ! »

La jeune fille tendait ses bras au hasard dans l'espoir de trouver quelque chose à lancer sur cette bande d'assassins, mais il n'y avait rien qui traînait dans la pièce.

« J'avais bien vu qu'elle était folle, glissa Livia à son mari.

– Laissons-la se calmer. Sortons, ça vaut mieux pour le moment », suggéra Lucius.

Sur le seuil de la chambre, Marcus et Livia affichaient une mine déconfite. Qui était cette fille, au juste, qui venait mettre la pagaille dans le refuge de Publius ? Il fallait au plus vite la ramener où on l'avait trouvée. Lucius n'avait pas l'air moins abattu qu'eux, il soupirait en essayant d'inventer un nouveau mensonge dans lequel s'empêtrer. Seul Félix souriait par habitude. Au bout d'un moment, les cris cessèrent derrière la porte. Mieux, la jeune fille appelait pour qu'on vienne.

« J'y vais seul », insista Lucius.

Il entra dans la chambre en se tenant sur ses gardes. À l'intérieur, Flavia paraissait radoucie.

« Écoute, lui dit-elle. Je me suis blessée, tu m'as recueillie. Je t'en remercie. Maintenant, il faut que je rentre à Rome. L'empereur te récompensera. On va partir tout de suite... Comment m'as-tu amenée jusqu'ici ?

– Dans un char à voiture, répondit Lucius nonchalamment.

– C'est très bien, un char à voiture. Fais-le atteler, et quittons cet endroit. Tu me raconteras tout en route. »

Lucius écarquilla les yeux et se demanda d'où pouvait bien sortir cette servante qui s'adressait à lui comme si elle commandait aux soldats des légions. La situation lui arracha un rire nerveux.

« Qu'est-ce qu'il y a de drôle ? Pourquoi ris-tu, Romain ?

– Je n'avais encore jamais vu une esclave donner des ordres à un patricien. Et encore moins quand ce patricien a fait l'effort de lui sauver la vie.

– L'effort de lui sauver la vie ! Que le patricien excuse l'esclave pour son effort ! Et si le patricien n'est pas trop épuisé, comme il a très gentiment considéré que la vie de l'esclave valait plus que celle de la pauvre truie imbibée de sauce qu'il prend plaisir à dévorer, qu'il veuille bien la ramener à Rome, sans tarder, faute de quoi, tout patricien qu'il est, il aura des comptes à rendre à Titus. »

Lucius se gratta la tête en se demandant pourquoi il avait amené cette fille jusqu'ici. C'est la deuxième fois qu'il voulait jouer au héros, et pour la deuxième fois, Flavia lui renvoyait ses rêves de gloire à la figure. De héros, elle n'en voulait pas.

« Tu es donc si pressée de nettoyer les cuisines de l'empereur ? » lui lança-t-il, vexé.

Flavia, la mâchoire serrée, frappa du poing contre le sol.

« Écoute-moi bien, Romain. J'ai un message à transmettre au palais, et si tu m'en empêches, ça te coûtera cher. Ramène-moi à Rome !

– Un message ? Et pour qui ? demanda Lucius, interdit.

– Ça ne te regarde pas ! Ramène-moi à Rome ! »

Lucius restait figé, il fixait le mur de la chambre, l'esprit plus troublé que jamais. À qui voulait-elle faire passer un message ? Et de la part de qui ? De cette femme qui portait à son cou le trident d'or ? L'idée qu'il y ait bien un complot qui se tramait au sein même du palais et que Flavia y soit mêlée s'empara de Lucius. Il ne pouvait pas la ramener à Rome, c'était trop dangereux. S'il arrivait malheur à l'empereur par sa faute, il ne se le pardonnerait pas. Et puis, de toute façon, il ne voulait pas qu'elle parte. Pas avant qu'il n'ait lui-même dissipé ses affreux doutes. Et c'est ici, dans cette ferme, qu'il espérait tirer tout ça au clair.

« Romain ! Tu m'as entendue ? Tu n'as pas idée de ce que tu fais en me retenant ici ! Ramène-moi...

– Oh, si ! coupa Lucius. J'ai mon idée... Je te raccompagnerai. Quand tu seras guérie.

– Pauvre imbécile... », répondit-elle, et son visage se ferma.

Lucius quitta la chambre. Et Flavia l'entendit parler dans la pièce voisine avec ces gens qu'elle avait aperçus. Il farfouilla dans un meuble et revint vers elle. Quand la porte de la chambre s'ouvrit à nouveau, la jeune fille avait réussi à se hisser sur le lit.

Elle aperçut alors Félix et son air ahuri, caché derrière Lucius qui lui tendit le nécessaire d'écriture de son oncle.

« Tiens, pour ton message. Félix prendra le char et le portera au palais. Il sera de retour avant la fin du jour. »

Flavia considéra le fils de Marcus et de Livia et leva les yeux, atterrée. Puis, elle se résigna. Elle n'avait pas le choix. Elle arracha le papyrus, l'encre et le roseau des mains de Lucius et se tourna pour rédiger à la hâte ce courrier si important pour elle.

« Personne ne doit lire ce message, dit-elle.

– Félix ne sait pas lire, répondit Lucius.

– Je m'en doutais ! Apporte-moi quand même de quoi le cacheter.

– Pourquoi tiens-tu à le cacheter ?

– Parce que si ce message est ouvert, son destinataire ne prendra même pas la peine de le lire ! Fais-le ! »

Et, quand le petit rouleau fut scellé à la cire, Flavia le déposa elle-même dans la besace de Félix et se tourna vers Lucius :

« Qu'il dépose ça au palais, aux quartiers des esclaves. Et prie tes dieux pour que ce message soit lu avant l'inauguration de l'amphithéâtre.

– Lequel tu veux que je prie ? répondit Lucius en espérant une réaction de sa part. Mercure ? Neptune ? »

Mais la jeune fille avait déjà détourné le regard vers la fenêtre à travers laquelle elle observait les chevaux que Marcus venait d'atteler. Lucius sortit de la chambre avec Félix et ferma la porte. Sur le seuil, il le retint par le bras, ouvrit sa besace et s'empara du papyrus. Il considéra le petit rouleau ; un nom était écrit dessus : Drusilla. Ce message urgent était donc destiné à la vieille servante qui s'était occupée d'elle. De quoi voulait-elle l'informer ? De sa présence ici ? Ou bien s'agissait-il d'une manœuvre plus grave ? Lucius ne voulut prendre aucun risque. Il décacheta à la hâte le papyrus, et ce qu'il vit le laissa perplexe : une série de signes, alignés les uns à côté des autres. Une espèce de code, ou une langue qui lui était inconnue ; celle que marmonnait Flavia dans son sommeil peut-être… Ce message était incompréhensible.

Lucius s'empressa de le remettre où il l'avait pris et accompagna Félix jusqu'au char. Avant de le laisser partir, il se pencha vers lui :

« Promène-toi. Fais courir ces chevaux et ne reviens pas avant la onzième heure.

– Et la lettre ? demanda naïvement le jeune paysan.

– Laisse-la où elle est.

– Oui, Lucius », répondit Félix. Et il quitta au galop les terres de Publius.

Lorsque Lucius se retourna vers la bâtisse, Flavia n'était plus à la fenêtre. Il ne la revit qu'en fin d'après-midi, quand il entra dans la chambre pour lui annoncer le retour de Félix. Lucius pensait qu'elle serait soulagée d'apprendre que sa lettre avait été remise. Mais la jeune fille ne répondit rien et l'ignora complètement.

Le lendemain, elle toucha à peine à la collation qu'on lui apporta. De toute la journée, elle ne parla à personne et quand le soir tomba, la seule qui entendit le son de sa voix, ce fut Livia.

« Tu n'as besoin de rien ? lui demanda-t-elle.

– La seule chose dont j'ai besoin, c'est de quitter cette ferme, répondit Flavia.

– Il te faudra récupérer tes jambes, avant ! Montre-moi ta blessure. »

Flavia se laissa faire. Livia était douce comme une mère. Elle ne savait pas tricher. Quand elle voulait le bien de quelqu'un, ça se sentait tant qu'il était impossible de la repousser.

« C'est pas bien beau, ce que tu as ! Mais tu seras bientôt sur pied, ne t'en fais pas.

– J'espère ! Je ne compte pas attendre que ce petit prétentieux me ramène dans son char à voiture ! Dès que je pourrai marcher, je serai loin !

– Ne sois pas trop dure avec Lucius, il s'inquiète pour toi. Il pensait vraiment te venir en aide en t'amenant ici.

– Tu dis ça parce que c'est ton maître ! s'exclama Flavia. Mais avec moi, tu n'es pas obligée. Je suis une servante, comme toi. »

Livia éclata de rire si fort qu'elle en repoussa presque les murs de la chambre.

« Ha, ha, ha ! Lucius, mon maître ! Non... Ce n'est pas mon maître ! D'ailleurs dans cette maison, entre maître et serviteur, il n'y a pas beaucoup de différence... »

Flavia parut si surprise que Livia continua de rire en arrangeant son lit.

« Repose-toi, lui dit-elle, et promets-moi que demain, tu mangeras un peu plus. Si tu veux t'enfuir, tu dois guérir. Et si tu veux guérir, il faut manger ! »

Pour la première fois depuis qu'elle était ici, Flavia sourit. Mieux, elle se surprit même à s'endormir sans colère. Après tout, on s'occupait d'elle. Qu'y avait-il à craindre maintenant que son message avait été transmis ? Plus grand-chose.

Le soleil venait à peine de s'inviter dans la chambre quand Livia y apporta une cruche d'eau, un plateau de fruits, quelques galettes. Ce matin-là, c'est une autre Flavia qu'elle aperçut au lit.

« Je meurs de faim ! » s'écria la jeune fille qui n'avait plus envie d'arracher les yeux à personne.

Livia la regarda dévorer les galettes et les fruits ; elle y allait de bon cœur ! On aurait dit Félix ! Et quand il ne resta que des peaux et des miettes sur le petit plateau, elle lui proposa :

« Tu ne veux pas sortir un peu ? Il fait bon. Ça te ferait du bien.

– Je ne peux toujours pas bouger, lui fit remarquer Flavia.

– Si ce n'est que ça. »

Livia quitta la pièce et y revint quelques minutes plus tard accompagnée de Félix et Marcus.

« Ces deux-là vont t'aider !

– Non, non ! Je...

– Ne t'inquiète pas, je les surveille ! »

Le père et le fils saisirent Flavia qui, encore craintive, ne lâchait pas Livia des yeux.

« Faites attention à elle ! Ne soyez pas si brutes ! »

Félix et Marcus pouffaient et Flavia se demanda si le fils ne tenait pas de son père sa grande intelligence. Ils la portèrent ainsi jusqu'au-dehors et la déposèrent sur une chaise posée face au champ de Publius.

« Qu'est-ce que vous faites ? s'inquiéta Flavia en les voyant s'emparer d'une petite table qu'ils posèrent devant elle.

– Tu vas voir, c'est amusant », lui dit Livia en déroulant sur la table le long poème que Lucius connaissait par cœur.

Flavia n'eut pas le temps de chercher à comprendre ce qui se passait que déjà, au bout du champ, apparaissaient deux bœufs péniblement manœuvrés par un jeune citadin maladroit. Comme quelques jours auparavant, Lucius trébucha dans l'arrière-train des bêtes. Il massacra et le champ et les vers, essuya des coups de sabot en chantant les forêts et l'Amour triomphant. Et, comme quelques jours auparavant, tous rirent aux éclats, y compris Flavia.

Lucius ne boudait pas son plaisir. Il en rajoutait, se roulait dans la terre, reprenait nez à mufle les couplets qu'il avait scandés face aux deux arrière-trains. Finalement, c'est lui qui eut raison des bêtes. Les bœufs, las d'entendre un si piètre poète et d'accompagner un si mauvais paysan, quittèrent le champ tout seuls. Flavia ne se souvenait pas d'avoir autant ri un jour. Et quand elle le vit venir à elle, sale et essoufflé, elle se tourna vers Livia et demanda :

« Il y a peut-être une autre chaise pour lui dans la maison ? »

Après ce matin-là, ils ne se quittèrent plus. Du matin jusqu'au soir, on les voyait ensemble. Flavia, installée dans un petit chariot poussé par Lucius, découvrait la campagne. La ferme était à eux. Et la forêt, et le cours d'eau claire et fraîche au-delà des terres de Publius. C'était pour eux que les oiseaux chantaient, que les papillons dansaient en couple, que le ciel était bleu et le soleil clément. Ils emportaient avec eux, dans un petit panier, les collations préparées par Livia et s'en faisaient un repas d'empereur où bon leur semblait. Ils écoutaient Marcus leur parler des semis, riaient avec Félix. Pour elle comme pour lui, Rome n'existait plus. Pas un instant, durant ces quelques jours, Lucius ne pensa aux doutes qu'ils avaient eus. Pas un instant il ne lui vint à l'esprit autre chose que les heures à passer près de Flavia. Ni les tridents, ni les flammes, ni les marins d'Ostie, ni même Publius ne parvinrent à s'immiscer entre eux. À bord de son chariot, les cheveux emportés par le souffle chaud d'un petit vent discret, Flavia réalisa que pour la première fois elle n'avait pas de comptes à rendre. Sa courte vie, elle l'avait passée au service de quelque chose ou de quelqu'un. On l'avait habituée à être indispensable, à rester sur le qui-vive, comme un chat quand il dort, à se tenir prête à répondre à l'appel même quand personne n'avait rien à demander. Jamais elle n'avait lâché prise, par peur sans doute de manquer à son devoir. Mais là, dans son chariot, elle n'avait plus peur. Le premier jour dans cette ferme, elle s'était crue emprisonnée ; en filant à travers les champs, elle se savait libre maintenant. Et son envie de retrouver Rome faiblissait peu à peu.

Cet après-midi-là, Flavia avait refusé de monter sur le chariot. Elle avait préféré se cramponner au dos de Lucius. Ils s'étaient arrêtés près du cours d'eau. Ils déjeunaient dans l'herbe ; Flavia avait cueilli quelques fleurs qu'elle tressait pour s'en faire un diadème. Assis à côté d'elle, Lucius contemplait les gestes sûrs et délicats de ses mains brunes. L'adresse avec laquelle elle enchevêtrait les fleurs les unes aux autres sans les blesser l'émerveillait. C'était comme une mécanique, des petits mouvements mille fois répétés sans jamais flétrir le pétale d'une fleur ; la mécanique de la douceur.

« Où as-tu appris à faire ça ? lui demanda-t-il. Au palais ? Avec les fleurs du jardin de Titus ?

– Oh, non… pas au palais, répondit Flavia avec un sourire qui cachait mal une profonde mélancolie, pas même à Rome, d'ailleurs… »

Elle déposa sur sa tête cette couronne de fleurs fraîches et regarda Lucius en restant silencieuse. Elle aurait aimé, sans doute, qu'il devine ce qu'elle ne pouvait pas lui révéler. Mais un secret comme le sien était impossible à percer.

« Quand j'étais toute petite, ajouta-t-elle, chaque matin, ma mère me tressait une couronne comme celle-là… »

Lucius se raidit en repensant à cette femme qu'il avait aperçue dans les décombres, cette femme au trident d'or attaché autour du cou. Plus que ce qu'il venait d'entendre, c'est la suite qu'il redoutait. Il ne voulait pas savoir, pas maintenant. Pas près de cette rivière sous ce beau ciel d'après-midi. Non. La mère de Flavia, qui qu'elle fût, n'avait rien à faire entre eux. Ni elle ni personne d'autre. Lucius n'avait pas l'intention de se laisser gâcher une journée pareille.

« On dirait une impératrice avec ta belle couronne ! plaisanta-t-il. Tu devrais en offrir une à Titus, les lauriers, c'est beaucoup moins beau, et ça sent moins bon !

La jeune fille s'empressa d'en confectionner une autre et d'en coiffer Lucius : « Et toi, tu es le roi… le roi des laboureurs ! »

Flavia se releva et la tristesse qui avait tout à l'heure terni son visage se dissipa.

« Mais… tu peux marcher ! s'exclama Lucius.

– Oui, ça y est… »

Ils regagnèrent la ferme en se prenant la main. Devant la bâtisse, les chevaux s'abreuvaient. Félix, lui, dormait tout près du champ. Il avait accroché sa besace à un arbre. Sur la pointe des pieds, ils passèrent près de lui. L'occasion de rire encore était trop belle. Lucius arracha une longue brindille et lui titilla le nez, puis les oreilles. Mais Félix avait un sommeil de plomb ! Il grogna comme un cochon et poursuivit sa sieste. Flavia lui vola son chapeau sans que ça ne le réveille. Elle détacha la besace de l'arbre et se mit à imiter le jeune paysan. Elle prit un air bêta, souriait aux mouches, Lucius à côté d'elle gloussait dans son bras. Elle trépignait en faisant semblant de chercher dans sa robe :

« Où sont mes galettes ? Où sont mes galettes ? » répétait-elle. Elle se tapa le front : « Ah, oui ! Au fond de mon sac ! »

Puis elle plongea la main au fond de la besace.

Et brusquement, elle changea de couleur. Les yeux écarquillés, elle sentait la colère monter en elle, une colère si forte que Lucius se demanda soudain s'il n'avait pas rêvé les quelques jours heureux qui venaient de s'écouler.

« Flavia ? Qu'est-ce que tu as ? » demanda-t-il.

Flavia haletait, de grosses gouttes perlaient le long de ses tempes.

« Non... non, Lucius..., marmonnait-elle.

– Qu'est-ce qui se passe ? »

Lucius s'approcha d'elle. Flavia le repoussa brutalement, retira sa main du sac et sous son nez brandit, souillée par les miettes, la lettre qu'elle avait rédigée. Son message n'était jamais parvenu au palais.

De rage, elle arracha sa couronne de fleurs et la lança à la figure de Félix qui se réveilla cette fois en sursaut. Lucius empêcha Flavia de se jeter sur lui. Le pauvre garçon ne comprenait pas ce qui lui arrivait.

« Imbécile ! Je t'avais dit d'apporter cette lettre avant l'inauguration de l'amphithéâtre !

– Calme-toi, Flavia... Ce n'est pas si grave, intervint Lucius.

– Mais qu'est-ce que tu en sais ? Bien sûr que c'est grave ! »

Flavia se prenait la tête entre les mains, elle semblait totalement désemparée et Lucius, malgré tous ses efforts, ne pouvait rien y faire.

« Quel jour sommes-nous ? Hein ? Quel jour ? » répétait-elle sans cesse.

Puis, oubliant ses jambes encore fragiles, elle courut sans se retourner en direction des chevaux, détacha leur bride, monta sur l'un d'eux et s'enfuit au galop en entraînant le second pour ne pas qu'on la suive.

Lucius ne put rien faire pour la retenir. Il la regarda partir, anéanti. Flavia, en quelques secondes, avait quitté la ferme. Le roi des laboureurs se retrouvait tout seul.

7

L'incident de l'amphithéâtre

Pendant l'absence de Flavia et Lucius, on finit par venir à bout de l'incendie. Titus, convaincu d'être traqué par les dieux, multiplia les sacrifices. Et pour rester présent dans le cœur de son peuple, il se rendit partout où les flammes avaient dévoré les maisons, les immeubles et les gens qui s'y entassaient. Il promit la reconstruction imminente de tout ce qui avait été détruit, une compensation pour chaque famille, et de grands jeux, les plus grands qu'on aurait jamais vus dans le plus grandiose de tous les amphithéâtres. L'inauguration avait été retardée, elle n'en serait que plus belle.

Et Titus tint promesse. Une semaine après l'incendie, les jeux débutèrent. Et les Romains comprirent que le cœur de l'empire n'était plus au forum. Il battait à présent dans le corps d'un monstre. Un monstre de briques et de marbre, où le sang chaud des condamnés faisait bouillir les citoyens agglutinés dans ses travées. Où la clameur des spectateurs grondait comme le cri d'un seul homme. Où chacun oubliait l'effroi causé par le feu et l'effort d'un travail trop pénible. Où l'artisan pouvait contempler d'en haut le crâne chauve du magistrat, où l'empereur offrait gracieusement à son peuple des divertissements qu'il n'aurait pas osé souhaiter, même en rêve. Le cœur de Rome battait dans l'amphithéâtre.

Jamais on n'avait vu un tel colosse de pierre imposer son architecture circulaire au nez de tous les temples. On venait d'en poser le dernier bloc de marbre et la loge impériale reluisait de dorures. Titus avait promis cent jours de jeux, cent jours de fête et, dès le début de cet après-midi, sous un soleil de plomb qui rendait le sable brûlant, l'empereur avait donné le ton. Il avait réalisé l'irréalisable : détourner le fleuve et inonder l'arène. Oui, à l'endroit même où les fauves rugiraient aux oreilles des condamnés quelques heures plus tard, Titus avait fait couler les eaux du Tibre. Et tous les spectateurs présents dans les gradins avaient eu devant les yeux la reconstitution de l'une des plus anciennes batailles navales de l'histoire de Rome, la bataille de Corinthe. Voilà de quoi oublier tous les tracas et tous les fléaux imposés par les dieux. Pour ne pas lasser un public pourtant déjà conquis, là où Titus avait amené la mer, la terre était revenue. L'eau s'était échappée du sol, comme avalée d'un coup par le colosse. On acclama l'empereur pour cette prouesse, impatient de voir ce que réservait la suite. Le moment que tout le monde attendait arrivait. Enfin, les combattants allaient entrer et remettre leur vie entre les mains de César.

Quand les deux premiers gladiateurs foulèrent du pied la piste, l'ovation des spectateurs fit trembler l'amphithéâtre. Le visage de Titus rayonna de la joie qu'il éprouvait de satisfaire son peuple. L'empereur se leva et considéra ces deux hommes prêts à mourir. Le combat serait déséquilibré, comme souvent. C'était la meilleure façon d'avoir un spectacle violent et rapide. Cette première paire ne devait pas non plus combattre jusqu'au soir ! On avait choisi pour commencer deux gladiateurs que tout opposait : le secutor et le rétiaire. L'issue du combat était connue d'avance, c'est ce qui plaisait. Le secutor, armé de son épée et de son long bouclier, protégé par son casque et sa jambière, allait pourchasser le rétiaire. Ce dernier ne tiendrait pas longtemps avant de demander grâce. Il n'avait qu'un petit brassard pour encaisser les coups, un filet de pêche pour se défendre. Et pour attaquer, un trident.

Déjà les gradins impatients clamaient : « Secutor ! Secutor ! » Mais, étrangement, son adversaire ne semblait pas du tout impressionné. Le rétiaire faisait crânement tourner son arme dans sa main nue en attendant que Titus autorise le début du combat. C'est ce que l'empereur s'apprêtait à faire quand Servius Plotius, installé à côté de lui dans la loge, lui relaya un message que la garde prétorienne venait de lui livrer : Publius Horatius, qui insistait pour le voir depuis des jours, tannait ses soldats pour entrer dans la loge.

« Qu'il entre ! » s'exclama Titus sans détourner les yeux du centre de l'arène. Puis, d'un geste de la main, il indiqua qu'il était plus que temps pour le rétiaire de se faire massacrer.

Publius prit place entre le préfet du prétoire et l'empereur. Quintus Æmilius était là lui aussi, et c'est lui qui le premier salua l'enquêteur.

« Publius ! Comment vas-tu ? Tu es seul aujourd'hui ? Où est ton neveu ?

– Il est souffrant, il est retourné à la ferme.

– Tout seul ? s'étonna l'empereur.

– Je n'en sais rien. Titus, j'ai des choses importantes à te dire concernant Ostie...

– Ostie ? Tout est réglé au port, tu me l'as déjà dit ! Et j'en suis bien content ! Les dieux me sont favorables maintenant, et moi, regarde, je suis favorable à mon peuple !

– Titus, écoute-moi, pour ce qui est du port, comme pour l'incendie, les dieux n'y sont pour rien. C'est ailleurs qu'il faut chercher, insista Publius.

– Il n'y a plus rien à chercher ! répondit sèchement l'empereur. À Ostie comme à Rome, tout est rentré dans l'ordre. Accorde-nous un peu de répit, Publius ! Profite du spectacle. »

L'enquêteur soupira et se passa la main sur le front.

« Les choses ne sont pas si simples, Titus, ajouta-t-il. Il faut que tu m'écoutes...

– Non ! J'aurai tout le temps de t'écouter plus tard ! Le peuple aime les jeux, et moi, j'aime le peuple ! Laisse-moi lui donner ce qu'il veut. Regarde l'amphithéâtre ! As-tu déjà vu, de près ou de loin, une pareille enceinte ? C'est le rêve de mon père achevé sous mon règne ! Auguste lui-même n'en avait qu'un en bois !

– Par Hercule, Titus ! C'est toi qui m'as fait venir ! Tu te plaignais du Vésuve, des ennuis de ton port, et après cet incendie criminel, tu me demandes de profiter d'un spectacle comme si de rien n'était ! J'ai la preuve avec moi qu'un grand complot se trame, il faut que tu entendes ce que j'ai à te dire ! Et je veux te parler seul à seul, maintenant, dans cette loge.

– Laisse l'empereur tranquille, Publius, intervint Quintus Æmilius pour le plus grand plaisir du préfet du prétoire qui se gaussait dans son coin. Tu ne vois pas que tout ce qui est arrivé l'a épuisé. C'est fini, maintenant.

– Quintus a raison ! Tu m'ennuies, Publius ! Tu ne sais pas t'amuser ! J'en ai assez des catastrophes ! Ça commence à faire beaucoup en si peu de temps ! J'ai besoin de souffler. Détends-toi, et si les jeux te dégoûtent, va aux bains te faire racler le dos ! Nous parlerons ce soir. »

Et l'empereur pencha la tête vers son préfet.

« Ce rétiaire se débrouille assez bien, tu ne trouves pas, Servius ? S'il continue comme ça, on ne verra pas les chars aujourd'hui ! »

Publius se leva pour quitter la loge, mais il sembla soudain intrigué par le combat. Le rétiaire se débrouillait bien, en effet. Le secutor était la risée de l'arène. On le huait de part et d'autre de l'amphithéâtre. Le rétiaire venait de le faire tomber d'un coup de manche de son trident sur l'arrière des genoux. Son casque avait roulé dans la poussière, il était empêtré dans le filet et gesticulait comme un poisson pris par un pêcheur. Quelle honte... Il demandait grâce. Titus se leva, c'est lui qui devait décider de son sort. Mais le rétiaire le prit de court. Sans attendre la réponse de l'empereur, il s'approcha de sa prise et lui planta son trident dans le pied. Le secutor fut instantanément pris de convulsions et hurla si fort qu'il couvrit le bruit des huées.

« Il en rajoute ! s'écria Titus. Cette blessure-là n'est pas mortelle !

– Je n'en suis pas si sûr ! s'exclama Publius. Il faut arrêter le combat, Titus !

– Qu'est-ce que tu racontes ? Tu es devenu fou !

– Le trident est empoisonné ! Crois-moi ! Si tu avais pris la peine de me laisser parler... Arrête le combat et laisse-moi descendre ! »

Quintus Æmilius écarquilla les yeux et chercha du regard le préfet du prétoire. L'empereur, lui, se mit à rire nerveusement. Arrêter le combat ! Et que dirait le peuple ? Le soleil devait taper trop fort sur le crâne de son enquêteur. Mais lorsque Titus vit le visage de Publius virer à l'écarlate et ses poings se serrer, il comprit qu'il ne plaisantait pas. Soudain, un brouhaha s'éleva des gradins. Le rétiaire venait de retirer le trident du corps sans vie du secutor. La foule hurla en le voyant courir en direction de la loge impériale et retint son souffle quand, d'un jet puissant, le gladiateur lança son arme en hurlant comme un loup : « *Mare Invictum !* »

Tous ceux qui étaient présents dans la loge impériale se voyaient déjà morts. Mais un soldat de la garde prétorienne se jeta sur eux et se sacrifia pour protéger la vie de l'empereur. Ce pauvre homme reçut le trident dans le dos. Les yeux voilés, il gisait maintenant sur les genoux de Servius Plotius, hébété. Alors ce fut la cohue dans la loge, tandis que dans les gradins, les spectateurs pétrifiés n'osaient plus rien dire. Le préfet, reprenant ses esprits, ordonna à une partie de la garde de mettre l'empereur à l'abri, tandis qu'une autre descendit au pas de course, dans l'arène, l'arme à la main.

« Non ! s'écria Publius. Attendez ! »

Mais Servius Plotius tenait à venger l'affront fait à Titus. Il éclata de rage et son cri résonna dans les travées : « Égorgez-le ! »

Le rétiaire attendait la mort, les bras croisés et le regard insolent.

« Non ! hurla Publius. Laisse-le en vie, tête de courge ! »

Quelques secondes plus tard, un glaive atteignit le gladiateur sous les côtes. Il s'effondra à son tour sur le sable brûlant, rejoignant le secutor qu'il avait un peu plus tôt envoyé dans l'Hadès.

« Imbéciles… », marmonna Publius en s'approchant du gladiateur.

L'enquêteur prit le temps d'inspecter son cadavre et ce qu'il découvrit confirma son intuition : autour de son cou était attaché un petit pendentif en forme de trident.

*

Deux jours plus tard, à la demande de Titus, Publius se rendit au palais. L'enquêteur s'étonna de n'y croiser que des esclaves et des gardes. Depuis deux jours en effet, l'empereur n'y recevait plus personne. Aucun de ses magistrats, aucun sénateur, aucun de ses proches, si toutefois il en avait, ne l'avait aperçu depuis qu'il avait échappé au trident du rétiaire. L'atmosphère qui y régnait était si pesante que même les soldats entre eux se suspectaient. S'ils étaient deux à garder une porte, l'un surveillait de près la main de l'autre quand elle passait trop près du fourreau de son glaive. Aussi, quand les soldats postés devant la chambre de Titus virent l'enquêteur s'approcher d'eux, ils se raidirent aussitôt.

« Halte ! Montre tes mains et reste où tu es ! ordonna l'un tandis que l'autre déjà tâtait le vêtement de Publius pour en fouiller tous les plis.

– Qu'est-ce que vous faites ? Vous me croyez assez bête pour tuer l'empereur devant vous ? Allons… j'attendrai que vous soyez endormis pour le faire ! »

Les deux gardes s'apprêtaient à se jeter sur lui quand la porte de la chambre s'ouvrit brusquement dans leur dos. Un petit homme corpulent en sortit, le crâne lisse et ruisselant de sueur, l'air déconfit. C'était Varus, le médecin de l'empereur ; visiblement, le moment qu'il venait de passer en sa compagnie l'avait complètement laminé.

« Lui aussi, vous voulez l'empêcher d'entrer ! lança-t-il aux soldats.

– Comme tu le vois, Varus ! Il paraît que ce sont les ordres ! s'indigna l'enquêteur.

– Ils ont bien raison, Publius ! N'entre pas là ! Titus délire complètement. Il est fou ! Il voit des poignards partout ! Il a déjà fait arrêter cinq ou six personnes ! On va tous se faire massacrer si ça continue ! »

Tout à coup, la voix de l'empereur gronda et fit trembler son médecin qui se ratatina :

« Publius ! Tu es là ? Approche, vite ! Et vous autres, ne laissez plus entrer personne, ou je vous étranglerai moi-même ! »

Varus tapa furtivement sur l'épaule de Publius et décampa. Les soldats, qui tout à l'heure auraient tout fait pour le retenir, poussèrent l'enquêteur à l'intérieur de la chambre, fermèrent brusquement la porte, empoignèrent leur arme et se dressèrent, aux aguets, prêts à faire reculer une armée de barbares s'il le fallait.

Lorsque Publius croisa le regard de Titus, allongé sur le lit de sa chambre sombre, il comprit ce que le médecin avait voulu dire. Jamais il ne lui avait vu un air si méfiant. Sans bouger de ses coussins, il épiait, les yeux plissés, les quatre coins de la pièce, comme si quelqu'un qu'il n'avait pas encore remarqué venait de s'y cacher. Près de lui se trouvait une dague dont la lame était nue, prête à frapper en cas de besoin.

« Pourquoi la fortune s'acharne-t-elle autant sur moi, Publius ? Qu'ai-je fait ? Dis-le-moi ! Quelle erreur ai-je commise ?

– Tu n'as rien fait, Titus.

– Pourquoi cherche-t-on à me faire mourir, alors ? insista l'empereur.

– J'ai essayé de t'en parler, mais tu n'as pas voulu m'écouter. J'ai bien peur que ce qu'on a vu dans l'arène ne se reproduise tôt ou tard. Il ne s'agit pas que de toi ! Si tu veux bien me laisser parler maintenant, je...

– Non, Publius ! Je ne veux pas... Quoi que tu aies à me dire, c'est toi qui as raison. Mais peu importe ! Je vais si longtemps laisser pourrir le corps de ce gladiateur dans l'arène aux yeux de tous que ça calmera le prochain qui osera comploter contre moi ! Chaque jour les roues des chars lui passeront dessus, chaque jour les lions lui arracheront un membre jusqu'à ce qu'il ne reste de lui que sa tête à exposer aux Gémonies.

– Si tu penses que ça suffira... », soupira Publius, atterré de voir que toutes ces catastrophes avaient eu raison de sa bonté.

Jamais Titus n'avait été haineux, jamais il n'avait cédé à la vengeance ni à de si profonds ressentiments depuis son avènement. Mais la sombre paranoïa que Publius avait cru déceler chez l'empereur le jour où il l'avait fait venir à Rome avait fini par le dévorer. L'homme que Publius avait devant lui ne méritait plus de porter le surnom que le peuple lui avait donné. Il n'était plus « les délices du genre humain », il incarnait seulement toute l'amertume de l'être humain déçu par ses semblables. Les complotistes ne l'avaient pas complètement raté dans l'arène, leur trident lui avait perforé le cœur.

« Si ça ne suffit pas, répondit l'empereur, je ferai d'autres exemples jusqu'à ce que ça suffise.

– Mais enfin, Titus ! Qu'est-ce que tu racontes ? Tu vas rester là, emprisonné dans ta chambre, entouré de goûteurs pour ne pas mourir empoisonné par ton cuisinier ? Prêt à lancer ta dague dans le dos de n'importe qui ? Tu règnes sur le monde, Titus ! Tu ne vas quand même pas rester allongé dans ton lit !

– C'est exactement ce que je vais faire. Je vais rester là, allongé dans mon lit. Dehors les jeux continueront, le peuple aura les spectacles qu'il espère, Servius et Quintus me représenteront dans la loge. Mais mon empire, Publius, c'est cette chambre jusqu'à nouvel ordre. Maintenant, dis-moi si tu m'as apporté ce que je t'ai demandé.

– Oui, j'ai fait fabriquer ton encre. »

Publius lui tendit un petit flacon rempli de liquide pourpre que les gardes n'avaient pas su trouver sur lui. Ce liquide, c'était de l'encre impériale, personne d'autre que Titus n'avait le droit de s'en servir. L'empereur regarda longuement le flacon sans le prendre et sourit.

« Il y en a peu, mais c'est assez, dit-il. Pose-le sur la table et assieds-toi.

– Que comptes-tu rédiger avec ça ? demanda Publius. Une loi pour condamner tous ceux que tu trouveras louches ?

– Moi, je ne vais rien faire. C'est toi qui vas écrire. Toi seul pouvais faire fabriquer cette encre sans que personne ne se doute de rien, et c'est toi maintenant qui vas rédiger mon testament. »

L'enquêteur ouvrit de grands yeux ronds. Il n'arrivait pas à croire ce qu'il entendait. Titus était plus mal encore que ce qu'il avait imaginé. Il se voyait déjà mort et c'est lui qu'il avait choisi pour sceller le sort de l'empire sur un bout de papyrus.

« Tu as tout le temps de penser à ton testament, Titus. Tu m'as fait venir pour veiller sur Rome, pas pour préparer la mort de son chef ! Ne me demande pas de faire ça.

– Bien sûr que je te le demande ! À qui d'autre ? Tous autour de moi font comme s'il ne se passait rien. Ils attendent que le poignard frappe pour se partager l'empire ! Mais toi, Publius, tu es le seul qui aies cherché à me prévenir. Il n'y a que toi en qui j'ai confiance.

– Je ne vais pas le faire, Titus. Si j'acceptais de penser à ta mort, c'est comme si je renonçais à traquer ceux qui sèment des tridents partout dans Rome. Rédige ton testament toi-même si ça te fait plaisir, mais laisse-moi en dehors de ça.

– C'est toi qui vas le rédiger, Publius, répondit fermement l'empereur. Chaque mot que je vais te dicter, tu vas l'écrire. J'ai besoin que tu le fasses, j'ai besoin que tu saches ce que je veux, car si tu n'arrives pas à empêcher ces meurtriers de me tuer, je sais que tu ne laisseras pas les loups se disputer autour de mon cadavre. Le papyrus est prêt, fais-le, et ensuite retourne à ton enquête. »

Publius s'assit à la table, étala le papyrus, déboucha le flacon, remplit l'encrier et y trempa son calame[1].

« Vas-y, dit-il, et ne sois pas trop long.

– Commence donc par les formules consacrées.

– C'est fait.

– Bien, et maintenant, le nom de mon successeur...

– C'est fait aussi. Ton frère Domitien sera le maître de Rome.

– Mon frère ? Ha, ha, ha ! ricana Titus. Non, Publius. Mon frère ne commandera pas l'empire. Mon frère passera sa vie à chasser dans sa maison de campagne et ne reviendra pas à Rome.

– Mais enfin, Titus ! Tu es devenu fou ? Ta famille doit continuer à gouverner ! C'est ce que voulait ton père ! Tu ne peux pas désigner quelqu'un d'autre, le Sénat n'acceptera jamais !

– Le Sénat, j'en fais mon affaire. Quant à mon frère, il ferait n'importe quoi de l'empire. Le premier général à la tête d'une armée lui ravirait son trône. Il n'est même pas venu me voir, ni pendant l'incendie ni après que ce gladiateur a lancé son arme sur moi. Et pourtant, Publius, ce n'est pas pour le punir que je vais nommer quelqu'un d'autre. C'est pour le préserver des

1. Roseau taillé en pointe dont les Romains se servaient pour écrire.

fléaux que les dieux m'ont envoyés. Qu'il chasse, au lieu d'être chassé ! Prends un nouveau papyrus. »

L'enquêteur, dépité, fit ce que Titus lui ordonna. Il attrapa un nouveau papyrus, le déroula, rédigea les formules jusqu'à ce qu'il lui faille écrire un nom.

« Je t'écoute, qui te succédera ? demanda-t-il froidement.

– Servius Plotius. Il saura supporter tout ça, j'en suis sûr », répondit l'empereur.

Publius faillit briser la plume de son calame. Servius Plotius, le préfet du prétoire, cette tête de courge aux commandes du monde ! Et c'est lui qui devait écrire ça !

« Par Hercule, Titus ! Tu perds la tête, ton médecin a raison.

– Tu désapprouves mon choix ? Eh bien dépêche-toi d'arrêter les responsables de ce complot, et fais en sorte que je vive ! Ne pose pas ton calame, je n'ai pas fini. Servius Plotius gouvernera l'empire, à l'exception de la Judée. Tu as un autre nom à écrire, et c'est pour celui-là, surtout, que je t'ai fait venir. »

Publius termina la rédaction du testament dans une nervosité telle qu'il manqua plusieurs fois renverser toute l'encre par terre. Titus venait de l'enfermer avec lui dans son secret. L'enquêteur s'efforça de rassembler ses esprits, et quand il y parvint, il se leva enfin, se dirigea vers le lit, mit le testament sous le nez de l'empereur et demanda, plein de dédain :

« Cela convient-il à César ?

– C'est parfait. Tu peux le sceller, tout est sur la table, répondit Titus, satisfait.

– Tu te rends compte que si quelqu'un apprend ça, ceux que tu as désignés risqueront de mourir avant toi ?

– Si quelqu'un apprend ça, Publius, c'est que le testament aura été ouvert. Et s'il est ouvert en dehors du Sénat, il sera annulé, tu le sais bien. Alors, pose ce papyrus et retourne à ton enquête. »

Publius quitta la chambre rouge de colère. Titus s'était bien moqué de lui. Il traversa les couloirs, regagna la cour et sortit de l'enceinte du palais avec une seule idée en tête : mettre fin à ce complot avant que les conspirateurs ne frappent de nouveau. Sitôt fait, il retrouverait sa ferme et la compagnie de ses pommiers en fleurs qui ne complotaient jamais, eux, si ce n'est pour faire mûrir les fruits qu'ils avaient à lui offrir. Lui qui croyait ne plus rien avoir à apprendre des hommes en avait su de belles en une heure ; et la nomination de Servius n'était pas la plus grosse surprise qu'il avait reçue en plein dans la figure. Il devait faire vite, il sentait bien que le temps était compté. Mais il avait beau essayer de rassembler tous les éléments en sa possession, il n'arrivait pas à y voir suffisamment clair. En dehors des tridents trempés dans le poison, portés en pendentif ou tracés au charbon, il n'avait rien. Pas le moindre indice de l'endroit où pouvaient se terrer ces affreux ennemis de Rome. Tout en marchant, Publius ressassait inlassablement ce qui s'était passé depuis Ostie quand il heurta quelqu'un tout près de la haute muraille qui encerclait le palais.

« Fais attention ! s'écria une voix que l'enquêteur connaissait bien.

– Ah, Quintus, c'est toi... Excuse-moi, je réfléchissais, je ne t'avais pas vu.

– Tu as failli m'embrocher ! Qu'est-ce que tu fais dans la rue avec ça ? »

Quintus Æmilius montra du doigt le calame encore imbibé d'encre impériale que Publius tenait dans la main. Dans la précipitation, il avait quitté la chambre de l'empereur en l'emportant avec lui sans même s'en rendre compte.

« Ça ? Rien... Rien d'important, répondit Publius en rangeant le calame à la hâte. Et toi ? Tu es venu prendre des nouvelles de Titus ? Tu ne pourras pas entrer, Quintus, il ne veut voir personne. »

Quintus Æmilius dévisagea Publius avec un regard plein de soupçons. Il baragouina quelque chose que l'enquêteur ne put entendre car, au même moment, un cheval au galop qu'ils évitèrent de justesse fit irruption en pleine rue. Sa cavalière tira si fort sur sa bride que l'animal se dressa sur ses pattes arrière et stoppa sa course à l'entrée de la résidence impériale.

« C'est la servante de Titus ! s'exclama Quintus Æmilius. Elle est folle ! Elle a failli nous écraser ! »

Publius regarda Flavia sauter de cheval et traverser la rue en courant vers le palais. Elle ignora les soldats qui en gardaient les portes et fila à travers la cour.

« Et elle alors, elle a le droit d'entrer ? s'étonna Quintus Æmilius

– Qui sait, Quintus ? Peut-être que Titus a plus à craindre de ses magistrats que de ses esclaves ? » répondit l'enquêteur avant de l'abandonner là et de se remettre à ruminer, encore une fois, les éléments dont il disposait sur le chemin de sa maison.

8

Le premier jour du procès

Le char qui conduisait Publius Horatius devant son tribunal franchit enfin l'enceinte du palais impérial. L'ancien enquêteur, épuisé par ses longues nuits sans sommeil en cellule, sale et hirsute, s'efforçait de retrouver un peu de dignité avant d'entrer dans le bureau où l'attendait son juge. Les soldats qui l'escortaient firent ouvrir les portes et l'état piteux dans lequel il se trouvait sidéra la petite assemblée. Quintus Æmilius, en charge du procès, ne put retenir un cri d'indignation tant il avait du mal à reconnaître son vieil ami sous les traits de ce mendiant en guenilles. Les deux conseillers qui l'entouraient, l'allure ratatinée et la figure austère, grimacèrent de dégoût. Seul Servius Plotius ricanait en se frottant les mains : il avait hâte de se lancer dans l'accusation.

« Salut, Quintus ! lança le prisonnier. Excuse ma tenue, je n'ai pas eu le temps de faire ma toilette correctement... »

Le juge, consterné, bondit de sa chaise et vociféra : « Qu'on le lave, et qu'on lui rende sa toge, par Jupiter ! Il n'y aura pas de procès tant qu'il sera dans cet état ! »

Le préfet du prétoire protesta mais Quintus Æmilius le fit taire. Les gardes entraînèrent Publius à l'extérieur. Aussitôt, une servante s'empressa d'apporter une bassine d'eau et du linge propre. Quand Publius la vit s'approcher de lui, un sourire de satisfaction se dessina sur son visage.

« J'espérais bien que ce serait toi... », lui glissa-t-il, ce qui fit glousser les gardes.

– Ma bassine était prête avant que tu n'arrives ! » lui répondit-elle.

Les gardes, saisis par la beauté de la servante, se fendirent d'un rire gras, ces imbéciles l'enviaient presque. Publius les ignora.

« À qui appartiens-tu maintenant, Flavia ?

– Au préfet du prétoire, lâcha-t-elle en lui raclant le dos. J'ai des choses importantes à te dire, Publius... »

Mais avant qu'elle ait pu lui révéler quoi que ce soit, l'un des gardes intervint :

« Ça suffit ! On ne parle pas à l'accusé ! Il est propre, c'est terminé ! Noue-lui sa toge ! » Flavia le dévisagea, puis s'empara de la longue bande de tissu qu'elle fit passer et repasser autour de Publius avec la même aisance que lorsqu'elle tressait ses couronnes de fleurs. Quand elle eut fini, l'ancien enquêteur se sentit à nouveau citoyen de l'empire. Publius la remercia et lui fit comprendre d'un geste qu'il ne servait à rien pour l'instant d'insister. Il se redressa et s'exclama :

« L'accusé est prêt ! »

Puis, entouré par les soldats, il se dirigea vers la salle où le juge et ses conseillers commençaient à trouver le temps long. Les portes du bureau étaient à peine entrouvertes quand il entendit Flavia s'écrier : « Tu aimes les coquillages, Publius ? »

L'ancien enquêteur se retourna et l'un des gardes, qui trouva les égards de cette esclave ridicules, se mit à ricaner.

« On dirait que ton dernier repas est déjà prêt ! » lança-t-il.

Mais Publius n'était pas de cet avis ; il observa Flavia et vit se dessiner sur ses lèvres deux syllabes distinctes : « mu-rex ».

Aussitôt, Publius se figea et chercha, dans le regard de la jeune fille, à comprendre pourquoi ce simple mot, *murex*, semblait si important. Pourquoi fallait-il qu'elle le lui glisse maintenant, à la barbe des gardes ? Il l'ignorait, mais il était certain de le comprendre bientôt. Alors que Flavia quittait la cour, Publius fit soudain volte-face, devança les soldats et entra dans le bureau.

« Me voici ! s'exclama-t-il si fort que le tribunal bondit.

– Enfin te voilà présentable ! lui renvoya Quintus Æmilius. As-tu choisi quelqu'un pour te défendre, Publius ?

– J'avais pensé à Servius, mais puisque cette tête de courge a décidé de m'accuser, je me suis choisi moi-même. »

Le préfet du prétoire grinça des dents.

« Comme tu voudras, poursuivit Quintus Æmilius. Maintenant, assieds-toi et laisse-le parler. »

Le préfet du prétoire entama alors sa longue dénonciation. À grand renfort de phrases pompeuses et grandiloquentes, Servius Plotius rappela au tribunal ce que tout le monde savait déjà : Publius Horatius avait été arrêté, au fond du grand cloaque, à la tête d'une armée de conspirateurs. Son neveu, Lucius, avait sonné l'alerte à sa demande, informant la garde que les porteurs de trident s'apprêtaient à attaquer le palais. Cette manœuvre de Publius n'était qu'une infâme tromperie destinée à attirer à lui tous les soldats de Rome pour que son empoisonneur ait le champ libre, s'introduise dans la chambre où l'empereur était reclus et l'assassine. La haine qu'il nourrissait envers l'empire depuis qu'il s'était retiré au fond de sa campagne l'avait conduit à échafauder le pire de tous les crimes. Le condamner à mort était la moindre des choses.

« Moi-même, j'ai été trompé par ce traître en envoyant mes soldats dans le cloaque ! hurla soudain Servius Plotius en pointant du doigt l'accusé. Et j'ai payé mon erreur ! Car c'est moi qui ai dû faire face à l'horreur causée par ta manœuvre, Publius ! Moi, et Quintus ! Nous sommes les premiers témoins de ton crime, les premiers à avoir vu le corps sans vie de l'empereur, défiguré par le poison, gisant au milieu de ses meubles renversés ! »

Plus le préfet parlait, plus il vociférait. Il avait le visage écarlate et inondait la petite assemblée de ses gros postillons. L'attitude de l'accusé le faisait bouillir. Publius bâillait, regardait ailleurs, jouait avec un pan de sa toge, toussotait quand bon lui semblait. Il ne le prenait pas au sérieux. Servius Plotius finit par éclater de colère.

« Jusqu'à quand, Publius, vas-tu abuser de notre patience ! Pleure ! Demande pardon ! Titus avait confiance en toi, tu l'as tué ! Tu as décapité Rome !

– Je n'ai pas pu l'assassiner, tu l'as dit toi-même. J'étais entre les mains de tes soldats au moment où on l'empoisonnait. En revanche, toi, personne ne peut dire où tu étais !

– Comment ? » s'écria le préfet, les yeux exorbités.

Publius se leva et hurla à son tour dans l'oreille de Servius Plotius en insistant bien sur chacun de ses mots.

« Je-dis-que-per-son-ne-ne-peut-dire-où-tu-é-tais ! Tu es devenu sourd, ma parole ! » Servius Plotius se mit à bégayer et le juge intervint immédiatement :

« Publius ! gronda-t-il. C'est toi l'accusé aujourd'hui ! Arrête un peu ce jeu-là et rassieds-toi immédiatement ! »

Il y eut un long silence durant lequel le tribunal essaya de retrouver un peu de calme. Ce procès commençait mal. Avec un accusé pareil, il fallait s'y attendre. Publius, indifférent, promenait son regard dans la pièce en se curant les dents. Quand il estima que ce silence avait trop duré, il prit la parole sans attendre qu'on l'y invite.

« J'aimerais savoir quelque chose, dit-il, et comme Quintus sembla tendre l'oreille, Publius poursuivit. Je me demande pourquoi, depuis trois jours que l'empereur est mort, personne n'a encore été désigné pour lui succéder...

– Domitien succédera à son frère, répondit l'un des conseillers de sa voix chevrotante. Le Sénat en a décidé ainsi. Mais Domitien attendra, la chancellerie veut d'abord que le meurtrier soit puni pour réparer l'affront fait à Titus.

– L'empereur n'avait-il pas laissé un testament ? demanda naïvement Publius.

– Mais quand vas-tu te taire ? hurla le préfet du prétoire. Qu'est-ce que ça peut te faire qu'il y ait ou non un testament ? Ça n'a aucune importance, nous ne sommes pas ici pour ça !

– Je me renseigne, c'est tout, mais si tu penses que ça n'a aucune importance… »

Publius avait envie de rire. Il s'efforça de cacher ce qu'il venait de découvrir : le testament de Titus n'avait donc pas été retrouvé. Quelqu'un avait dû s'en emparer. Cet imbécile de Servius n'était au courant de rien. Et comme l'occasion de tester l'homme que l'empereur avait choisi pour commander à sa place se présentait, Publius n'allait pas se gêner pour s'amuser un peu.

« Servius a raison, poursuivit le conseiller, nous ne sommes pas ici pour discuter de cela avec toi. Nous sommes ici pour décider si, oui ou non, tu étais à la tête de ces criminels que tu aurais fait semblant de traquer avant d'organiser la mise à mort de Titus.

– Je n'ai pas fait semblant de les traquer. Mon enquête a pris du temps, mais j'ai fini par les démasquer.

– Et que sais-tu d'eux, alors ? Qu'as-tu à nous apprendre ? » demanda Quintus Æmilius.

Publius remarqua que le juge avait le teint pâle. Il paraissait anxieux et ses mains, grossièrement bandées jusqu'aux coudes, tremblaient légèrement. Pour lui, sans doute, la situation était très inconfortable. Condamner à mort quelqu'un que l'on connaissait depuis si longtemps n'était pas une mince affaire.

« Eh bien, répondit Publius, j'ai découvert que les conspirateurs avaient un goût certain pour le dessin au charbon et pour l'orfèvrerie ! Mais vous l'aviez remarqué, je pense.

– Il se moque de nous ! gronda le préfet, hors de lui. Condamnez-le, qu'on l'exécute sur-le-champ !

– Qui se moque de qui ? s'écria Publius. On m'accuse de commander une organisation criminelle, une armée d'assassins !

Mais aucun de ces assassins ne pourra avouer devant ce tribunal que c'est bien moi qui les commande, car ils ont tous été massacrés par ta garde, Servius !

– Nous n'avons pas besoin de leurs aveux ! Tout le monde t'a vu, le jour de l'inauguration de l'amphithéâtre, essayer de m'empêcher de punir le chien qui avait lancé son arme contre l'empereur ! C'était un de tes hommes et tu le protégeais !

– Ce que tout le monde a vu, c'est la vitesse avec laquelle tu as fait exécuter cet homme avant qu'il ne parle, tête de courge !

– Il recommence à m'accuser ! Et il m'insulte encore ! Quintus, je t'en prie, condamne ce traître, qu'on en finisse ! Ce tribunal est las de se faire ridiculiser ! »

L'ancien enquêteur se mit à rire si fort que Quintus Æmilius se fâcha pour de bon. Servius Plotius s'approcha alors de l'accusé, la mâchoire serrée comme une bête prête à se jeter sur sa victime.

« Maintenant que tu t'es bien amusé, Publius, explique-nous pourquoi, quand mes soldats t'ont arrêté dans cet égout, tu portais toi aussi ceci autour du cou ! »

Servius Plotius brandit alors un petit trident d'or et le fit vaciller du bout des doigts sous le nez de Publius qui en détourna aussitôt les yeux.

« Eh, quoi ? Tu ne ris plus ? renchérit le préfet du prétoire en se dirigeant vers la table des juges pour leur présenter le bijou. Chaque membre de ce complot en portait un ce jour-là ! Et c'est le même symbole qu'ils dessinaient dans les rues, le même trident que tu as tracé au-dessus du lit de l'empereur ! Le même pendentif que je t'ai vu arracher au cou du gladiateur pour le dissimuler ! Tu ne peux plus rien cacher, maintenant, tu es coupable ! »

Publius demeurait immobile, le visage fermé, troublé par ce qu'il venait d'entendre. Il semblait moins railleur tout à coup, et le préfet, déjà, gémissait de plaisir.

« Qu'as-tu à répondre à ça Publius ? demanda Quintus Æmilius.

– Je ne me souviens de rien, répondit-il sur un ton monocorde.

– Et pourtant, Publius, il va bien falloir que tu retrouves la mémoire, insista le juge. Je te repose la question moi-même : pourquoi portais-tu ce pendentif ce soir-là ? »

Publius Horatius prit le temps de dévisager tout le monde. Tous étaient suspendus à ses lèvres. Servius Plotius trépignait d'impatience, tant il voyait enfin venir les aveux qu'il attendait. L'accusé inspira profondément.

« Alors ? Parle ! insista Quintus Æmilius.

– Alors... je ne me souviens de rien ! Je ne sais absolument pas comment ce pendentif a atterri autour de mon cou. J'ai dû m'évanouir et peut-être qu'à ce moment-là, Neptune lui-même a trouvé que ma tenue manquait de quelque chose et a généreusement embelli mon allure... Les dieux sont bons quand on les prie correctement. »

Le préfet du prétoire ricana, tandis que Quintus Æmilius, effaré par ce qu'il venait d'entendre, hocha la tête. Sur son visage sévère s'installa l'expression d'une déception immense.

« Eh bien, mon ami, peut-être qu'une nuit de plus dans ta cellule te rafraîchira la mémoire. »

Il se leva, et ses conseillers firent de même. La garde saisit Publius par le bras et l'entraîna jusqu'au char pour le reconduire à sa prison. Alors qu'on installait le prisonnier à bord du véhicule, Servius Plotius sortit lui dire un dernier mot :

« Dans deux jours au plus tard, mon témoin t'enverra aux Enfers. Et quand tu pourriras aux Gémonies, à la vue de tous, je serai le premier, chaque matin, à venir cracher sur ton cadavre. »

Et le préfet frappa la croupe des chevaux qui hennirent et filèrent à toute allure en direction de la prison.

*

En voyant arriver Publius, le gardien ne reconnut pas son prisonnier et s'inclina respectueusement devant ce patricien en toge.

« N'aie pas tant d'égards, lui dit-il. Ce n'est que moi, propre et habillé d'un beau tissu. »

Le gardien grommela et claqua sa porte au nez des soldats. Publius retrouva sa geôle humide et obscure, traversée seulement par un faible rayon de lumière provenant du soupirail. À travers cette ouverture minuscule, il entendait toujours gronder la foule qui réclamait sa tête. Le prisonnier faisait les cent pas entre ces quatre murs moites. Dans son esprit, les déductions se succédaient. Il n'était pas encore tout à fait certain de connaître le véritable auteur du crime dont il était accusé. Apparemment, la mort de Titus n'avait pour l'instant profité à personne. Ce qu'il essayait avant tout de comprendre, c'est ce qui aurait pu se passer s'il n'avait pas été présent ce soir-là dans l'égout. Il n'aurait pas demandé à Lucius de prévenir la garde, les soldats n'auraient donc pas quitté le palais en laissant l'empereur sans protection. L'assassin n'aurait pas pu se retrouver seul face à Titus. Il fallait donc que le meurtrier soit quelqu'un de suffisamment proche de lui pour pouvoir saisir une occasion pareille quand elle se présentait. Et le testament ? Qui l'avait ? Flavia peut-être ? Sinon pourquoi aurait-elle évoqué le murex ? Trop de choses demeuraient dans l'ombre. Publius n'en pouvait plus de tourner en rond dans sa cellule sans parvenir à saisir la vérité qui lui échappait sans cesse. Il s'arrêta et, presque sans le vouloir, il suivit des yeux le rayon de lumière qui filait à travers sa cellule. La poussière éclairée s'agitait dans un roulement lent. C'était l'espoir des condamnés décomposé depuis des siècles qui voletait depuis le soupirail jusqu'à la dalle froide. Le rayon frappait la grille qui recouvrait le cachot du bas. Publius s'avança et vit que la lumière s'invitait chez son voisin. L'affreux cadavre aussi sortait de l'ombre. C'est alors que l'ancien enquêteur remarqua quelque chose. Un reflet. Sur le corps de ce pauvre homme, un objet brillait. Publius se précipita vers la grille, la souleva, et se pencha au-dessus du trou en essayant de résister à l'odeur qui se dégageait de ce cadavre baignant dans l'eau glacée et souillée par la vermine. L'objet brillait toujours. Publius ne résista pas à l'envie de savoir ce que c'était. Il surmonta son écœurement et descendit au fond de cet abîme puant. Quand ses pieds immergés touchèrent enfin le sol, il se recroquevilla pour ne pas entraver la lumière et lança ses mains dès qu'il aperçut le reflet sur le corps gonflé de son voisin. À peine les avait-il posées sur lui qu'il les retira en étouffant un long cri de douleur. La pointe acérée d'une broche en or venait de lui blesser le pouce.

« Par Hercule ! s'écria-t-il. Varus ! Mon pauvre Varus, c'est bien toi ! Qui d'autre porterait une broche ouverte entre la toge et la tunique ! Tu avais raison de te méfier... Voyons si tu as toujours sur toi ce que tu protégeais. »

Publius le fouilla en veillant à ne pas se piquer une deuxième fois et finit par tomber sur un épais rouleau de papyrus. Heureusement, Varus avait eu le bon goût de mourir sur le dos, le rouleau était sec.

« Merci, mon ami ! » lâcha-t-il, et aussitôt il s'empressa de remonter l'étroit goulot glissant. Il dut s'y reprendre à plusieurs fois, luttant pour s'agripper aux parois immondes. Et quand il eut enfin retrouvé le sol de sa cellule, Publius marmonna : « Quel malheur... Une toge toute neuve ! »

Puis, il profita encore de la lumière provenant du soupirail pour déchiffrer ce qui était écrit sur le papyrus. Et lorsqu'il y parvint, il en fut très surpris.

« Ah... par Jupiter ! Voilà qui change tout ! Ce n'est pas le poison qui a tué l'empereur ! s'exclama-t-il. Mais quelqu'un tient à ce que tout le monde le croie... Pauvre de toi, Varus ! »

Publius enroula le papyrus, l'enfouit au fond de sa toge et remit la grille en place à la hâte. Dans sa tête, les déductions s'enchaînaient plus vite encore maintenant. Il sentait que bientôt tout serait révélé. La vérité était proche, il espérait seulement avoir le temps de la voir arriver car il savait bien qu'il ne pourrait pas éternellement se contenter de faire tourner le tribunal en bourrique.

Tout à coup, des bruits de pas résonnèrent à l'extérieur de sa cellule. On approchait, deux hommes apparemment, sans compter le gardien. La porte grinça. Publius se rua dans un recoin sombre et attendit. Une seule personne entra.

« Ça devient une habitude de se promener dans les prisons ! s'écria-t-il en essayant de deviner qui lui rendait visite. Il y aura bientôt plus de monde ici qu'aux thermes ! »

Une épaisse silhouette éclairée par un flambeau s'approcha de lui.

« C'est que l'endroit est tellement accueillant ! » répondit une voix rauque. L'homme abaissa la capuche de son manteau.

« Quintus ! Quel honneur... Tu es seul ? demanda Publius, persuadé d'avoir entendu les pas de quelqu'un d'autre.

– Oui, pourquoi ? Tu attendais du monde ? »

Le juge accrocha son flambeau au mur et s'accroupit aux côtés du prisonnier. Tous les deux laissèrent quelques minutes s'écouler en silence. Ces deux hommes, habitués à fréquenter les palais, à régler les affaires de l'État, terrés là côte à côte, dans cet antre sordide, ça semblait irréel ! Le fou rire les prit soudain si fort que le gardien hésita à intervenir.

« Que de chemin parcouru, mon ami ! dit enfin Quintus Æmilius dès qu'il parvint à articuler. Après la préture, après le consulat, après les hautes marches de la magistrature que nous avons gravies ensemble, ce n'est pas vraiment l'endroit où je pensais te retrouver pour qu'on discute !

– C'est exactement ce que je me suis dit en te voyant au tribunal ! Et que diraient tes ancêtres, eux qui ont offert à Rome ses monuments et ses routes, s'ils voyaient leur grand magistrat assis dans la fange, en compagnie d'un criminel ?

– Décidément, Publius, tu es toujours aussi doué pour trouver les mots qui plaisent, soupira le juge. Si mes ancêtres me voyaient, ils seraient surtout déçus d'apprendre que le nom d'Æmilius disparaîtra avec moi. Je suis le dernier, ma famille va s'éteindre. »

Quintus Æmilius n'avait plus envie de rire. À la lumière vacillante du flambeau, Publius décela sur son visage une grande amertume qui, après un long moment, n'avait pas encore complètement disparu.

« Allons, Publius, se reprit-il soudain. Tu ne peux pas rester ici !

– Fais-moi sortir, alors !

– Je voudrais bien mais pour ça, il faut que tu te défendes au lieu de t'amuser avec Servius ! C'est le préfet du prétoire ! Dès que je t'aurai fait libérer, il te renverra dans ta cellule si tu n'as pas prouvé ton innocence ! Pourquoi refuses-tu de plaider ? Si tu as quelque chose à te reprocher, dis-le-moi !

– Tu es venu jusqu'ici pour m'extorquer des aveux ? s'indigna Publius.

– Mais qu'est-ce que tu racontes ? Ta ferme t'a rendu plus têtu qu'un âne ! Tu sais les risques que je prends à venir te rendre visite ? Si Servius l'apprenait...

– Je t'en prie, Quintus ! Tu crois que je ne sais pas qu'il t'attend derrière la porte ? Je l'entends d'ici, il respire comme un ours ! »

Le juge souffla, la tête entre les mains, accablé par l'attitude de Publius. Ce n'était qu'un incurable provocateur qui lui faisait perdre son temps. Quintus Æmilius se releva, décrocha son flambeau du mur et se tourna vers le prisonnier.

« C'est pire encore que ce que je croyais, lui dit-il.

– C'est ce que je pense aussi, répondit Publius. Tu t'en vas déjà ? Avant de partir, dis-moi ce que tu as fait à tes mains…

– Mes mains ?

– Oui, tes mains. Elles sont bandées.

– Je me suis blessé le jour de l'incendie.

– Ah bon ? Je ne l'avais pas remarqué, pourtant.

– C'est bien ton problème, Publius. Tu crois toujours tout voir avant tout le monde, mais tu te trompes. Fais bien attention, mon ami, si tu continues à t'entêter, tu seras condamné et je n'y pourrai rien. Est-ce que tu as un témoin à convoquer, au moins ?

– Peut-être, je ne sais pas encore, répondit Publius avec une grande nonchalance.

– Alors, défends-toi, par Jupiter ! Parle ! Parle ou tu es perdu ! Pourquoi refuses-tu de dire ce que tu faisais avec ce pendentif autour du cou ! Tu protèges quelqu'un ? Dis-moi ce que tu sais ! Tu peux me faire confiance… »

Les deux hommes se sondaient et la tension soudaine qui émanait d'eux les écrasait l'un et l'autre. Publius ne put s'empêcher de ricaner encore.

« Tu n'es qu'un imbécile ! lâcha Quintus Æmilius. Regarde où tu es ! Mis à l'écart, au rebut dans le cachot réservé aux ennemis de Rome ! C'est ça que tu veux qu'on dise de toi ? Que tu es, toi aussi, un ennemi de Rome ?

– Ha, ha, Quintus ! Approche un peu ton flambeau de cette grille. Vas-y ! Avance et contemple Rome ! »

Le juge déconcerté se dirigea vers la grille et recula brusquement en apercevant le cadavre putréfié.

« Que fait ce mort ici ? s'écria-t-il.

– Tu le reconnais, Quintus ? Salue-le ! C'est Varus, le médecin de l'empereur. On dirait que Titus n'a pas apprécié son travail ! Regarde bien ! C'est Rome que tu as devant toi, mon ami ! De la pourriture, de la vermine tapie sous le marbre étincelant du forum ! Rome est pourrie de l'intérieur ! Je ne suis pas à l'écart, Quintus ! Je suis au cœur de l'empire dans ma cellule !

– Tu vas trop loin. Tant pis pour toi. Reste dans ta pourriture. »

Et le juge, résigné, sans un regard pour le prisonnier hilare, tambourina à la porte de la cellule jusqu'à ce que la figure du gardien apparaisse.

« Plonge au fond de ce trou, ordonna Quintus Æmilius, et enlève-moi ce cadavre tout de suite ! »

Puis le juge quitta la prison sans se retourner tandis que le gardien obéissait en ronchonnant. Un bref instant plus tard, il traînait par le bras, sur le sol froid de la cellule, le corps du médecin. L'eau sale ruisselait de sa nuque, de son dos, de ses jambes, et dessinait sur la dalle une longue trace de souillure. Publius suivait des yeux ce qui restait de lui sans rien dire.

« Mon pauvre Varus, pensa-t-il, quelle ironie... Et dire que la dernière fois que je t'ai vu vivant, tu avais refusé de prendre un bain ! »

9

Un rendez-vous aux thermes

Plusieurs jours s'étaient écoulés depuis que ce qu'on avait appelé « l'incident de l'amphithéâtre » avait eu lieu. Les jeux avaient repris comme si rien ne s'était passé ou presque. Les lions s'étaient à nouveau rassasiés, l'eau du Tibre avait mouillé le sable pour d'autres batailles navales, d'autres gladiateurs avaient rejoint le rétiaire aux Enfers. Le peuple s'était gavé de spectacles. Publius, lui, avait passé son temps à ressasser tous les mystères de son affaire, furetant devant le palais, soupçonnant tout le monde, sûr que les porteurs de trident referaient bientôt parler d'eux. Plusieurs fois, il avait essayé de s'entretenir avec Titus pour lui faire part de ses inquiétudes, mais l'empereur, à chaque fois, avait refusé de le recevoir. Depuis que Publius avait rédigé son testament, il n'avait pas pu l'approcher. En dehors de ses esclaves et de son médecin, Titus ne laissait personne entrer. Les portes de sa chambre restaient continuellement closes. L'enquêteur, à contrecœur, avait alors tenté de se tourner vers Quintus Æmilius, mais celui-ci, trop occupé à faire la pluie et le beau temps dans la loge impériale avec Servius Plotius, l'avait envoyé paître : il n'y avait plus d'affaire. L'incident était clos : le corps du lanceur de trident se décomposait toujours dans l'arène. Ça suffirait à dissuader ceux qui voudraient l'imiter. Que Publius arrête de se tourmenter ! Qu'il profite des plaisirs de la ville et de la maison qu'on lui avait prêtée. Ou qu'il retourne à son champ.

Pour ne rien arranger, la peste était entrée dans Rome. Difficile de profiter des plaisirs de la ville. On ramassait les morts à la charrette. L'empereur, dont la paranoïa était devenue plus grande, était convaincu que les dieux lui envoyaient une épreuve de plus. Ils le défiaient personnellement. Alors, il décida de leur résister. Une fois par jour, il sortait de sa chambre sous bonne escorte pour aller lui-même porter secours aux malades. Mais même là, impossible de lui parler. Il ne quittait sa litière que pour s'adresser au peuple, car le peuple, c'est tout ce qui lui restait. Et pour prouver aux immortels qu'ils avaient tort de s'acharner contre un prince si généreux, il multipliait les offrandes envers eux avant de retrouver son lit jusqu'au lendemain. C'est cette ville, soignée de ses brûlures mais infestée par la peste, que Lucius retrouva en rentrant de la ferme. Après le départ en trombe de Flavia, Lucius était resté seul, rongé par le remords de lui avoir menti, accablé par la tristesse de l'avoir perdue, sans savoir quoi faire. Il avait tourné en rond jour et nuit, retraçant seul en se morfondant les chemins qu'il avait parcourus avec Flavia agrippée à son dos. Jusqu'à ce qu'il s'aperçoive qu'il y avait mieux à faire. Une idée lui était venue, une idée toute bête et qui pourtant lui sembla pouvoir tout arranger : filer à Rome et demander à Titus de lui céder Flavia. Rien que ça. Ensuite, il lui rendrait sa liberté, il l'affranchirait ; il le lui devait bien. Il verrait ce qui se passerait entre eux une fois qu'elle serait libre… Lucius quitta donc la ferme quelques jours après Flavia, et durant tout le trajet qui le conduisit à Rome, son idée l'obséda tant qu'il se voyait déjà en compagnie de l'empereur, réglant les menus détails de leur affaire, honoré par celui qui aurait dû le punir. Mais une fois devant le palais, on lui en refusa l'entrée comme aux autres. Impossible pour lui de s'entretenir avec Titus ni même d'apercevoir Flavia. Le jeune homme se résigna donc à rejoindre la maison où logeait Publius. Il n'y trouva personne, si ce n'est un esclave qui lui apprit que son oncle venait de partir aux bains.

« Aux bains ? s'étonna Lucius. Il s'est vite fait aux habitudes des citadins oisifs, à ce que je vois ! »

Lucius pensait le retrouver noyé sous les ouvrages, peaufinant ses recherches ou dans le petit jardin au fond de la maison à chercher un peu de calme parmi les fleurs… Mais aux thermes, sûrement pas !

« Ça lui fera du bien de se détendre un peu, ajouta l'esclave. Après ce qui s'est passé dans l'arène…

– De quoi parles-tu ? » demanda Lucius.

Et l'esclave lui raconta ce que tout le monde savait et ce dont personne ne parlait déjà plus. L'empereur avait de justesse échappé à la mort le jour de l'inauguration de l'amphithéâtre. Son meurtrier avait était puni.

Lucius se sentit tout à coup envahi par une grande joie. Tout devenait clair. Cet esclave, sans le savoir, venait de répondre à toutes les questions qu'il n'osait plus se poser. Oui, Flavia était bien au courant qu'il se tramait quelque chose ! Et elle avait essayé d'empêcher ce désastre. Voilà pourquoi elle avait tenu à rentrer à Rome avant le jour de l'inauguration ! Voilà pourquoi elle avait tant paniqué en s'apercevant que son message n'avait pas quitté la ferme ! Flavia avait voulu sauver Titus ! Et il avait bien failli tout gâcher en la retenant près de lui ! Heureusement, l'empereur était sauf et le complot déjoué.

Lucius, qui ne tenait plus en place, décida de rejoindre son oncle sur-le-champ. Et, sous le regard ahuri de l'esclave, il fila jusqu'aux thermes.

*

L'endroit était bondé. Il y avait plus de monde aux thermes qu'au forum en fin de matinée. Ici, on jouait à la balle, là, on se prélassait sous le ronronnement des cascades d'eau fraîche, on nageait dans la grande piscine, on se faisait masser sous la lumière du soleil qui se diffusait à travers d'immenses fenêtres, faisant briller les pierres et les dorures. Lucius se rendit dans la bibliothèque attenante au jardin où de jeunes gens comme lui étudiaient en compagnie de leur maître après avoir nagé. C'était là qu'il pensait retrouver Publius, en train de lire Virgile sûrement ; mais il n'y était pas. Lucius déambula alors à travers toutes les salles jusqu'au caldarium[1] où la vapeur s'élevait entre de hautes colonnes et venait caresser de gigantesques voûtes ornées de fresques et de statues. Il aperçut enfin son oncle, immergé jusqu'au cou dans un petit bassin, et s'installa à côté de lui.

« Lucius ! Te voici enfin de retour... lui lança Publius en se poussant un peu pour lui faire de la place. On peut dire que tu reviens au bon moment !

– Je ne pouvais pas savoir que tu bouclerais l'enquête si vite ! répondit le jeune homme. Je vois que tu sais profiter maintenant que le coupable a été puni.

– Quel coupable ? s'étonna Publius.

– Eh bien ! Le rétiaire ! Celui qui a lancé son trident sur Titus ! Ton esclave m'a tout raconté.

– Ne dis pas n'importe quoi, Lucius ! Tu crois vraiment que c'est ce pauvre gladiateur qui est derrière tout ça ? Tu crois que c'est lui aussi qui dessinait partout sur les murs ? Et à Ostie, il était où ? Caché dans la cale du bateau ? Allons, le coupable n'a pas encore été puni, loin de là ! Et pendant ce temps-là, la moitié de Rome est aux jeux et l'autre est aux bains !

– Je crois surtout que cette affaire t'a rendu malade... Tu n'arrives pas à admettre qu'elle est terminée ! Tu n'es plus lucide, il faut que tu te reposes.

– Je ne suis plus lucide ! C'est toi qui me dis ça ? Regarde-toi ! Tu es allé te terrer à la campagne pour oublier les pestiférés

1. Salle des bains chauds.

d'Ostie et tu rentres à Rome quand les rues sont infestées par la peste ! Le moins lucide de nous deux, c'est toi, espèce d'âne ! »

Lucius ne savait plus où se mettre. Il s'était accroché à l'idée que ce complot avait échoué, et qu'il n'aurait plus jamais à se demander si chaque personne qu'il croisait avec un trident était un assassin ou non. C'est le cœur léger qu'il était venu aux thermes, pour confier à son oncle les projets qu'il avait en tête, pour lui et pour Flavia. Et voilà que Publius avait réussi à ruiner ses espoirs en moins de dix minutes. Le jeune homme commençait à se dire, lui aussi, que le sort s'acharnait contre lui. Rien ne se passait jamais comme il l'espérait, c'en était décourageant. Lucius soupira et s'enfonça dans l'eau de son bassin.

« Si le coupable est toujours en fuite, demanda-t-il dédaigneusement, qu'est-ce que tu fais aux bains avec la moitié de Rome ?

– J'ai rendez-vous avec Varus, le médecin du palais, répondit sèchement Publius.

– Avec un médecin ? répéta Lucius, un peu surpris. Tu es malade, j'avais raison.

– Pas du tout. Dis-moi plutôt comment se porte mon champ, au lieu de me faire partager tes raisonnements... Tu l'as bien labouré ?

– J'ai fait ce que j'ai pu.

– C'est déjà ça. Et la jeune servante, elle est contente de son séjour ? La ferme lui a plu ? » Lucius manqua de s'étouffer. Comment Publius pouvait-il être au courant ?

« Je te taquine un peu, je connais la réponse ! s'exclama l'enquêteur. Bien sûr qu'elle lui a plu. C'est elle qui me l'a dit ! Ne fais pas cette tête, Lucius ! Quand ce n'est pas Félix qui s'occupe du courrier, les nouvelles arrivent à temps ! »

Lucius blêmissait à vue d'œil.

« Je te félicite, ajouta Publius, cette jeune fille est charmante. Je ne la vois pas si souvent, mais quand ça arrive, elle ne refuse pas d'avoir une conversation, elle au moins. Si tu veux mon avis, c'est avec toi qu'elle préférerait parler. À ta place, je ferais tout pour la racheter.

– C'est bien ce que je compte faire, répondit Lucius en se redressant fièrement.

– Alors, sois patient ! Titus ne reçoit plus aucune visite depuis des jours. »

Lucius se mit à rire nerveusement. Voilà que son oncle le conseillait sur ses amours maintenant ! Le jeune homme avait du mal à l'imaginer avec Flavia, bons amis, discutant de tout, de rien, de lui ! Et pourtant, ils s'étaient vus, c'était évident. Publius était sans doute arrivé à la même conclusion que lui : Flavia n'était pas une ennemie de Rome. Son oncle devait savoir pourquoi elle était revenue au palais avant lui. Mais avait-il réussi à en apprendre plus sur cette femme qu'il avait croisée le jour de l'incendie ? Lucius brûlait d'envie de le lui demander.

« Tiens, voilà Varus, s'exclama soudain Publius. Il était temps ! »

Le gros bonhomme que Publius avait croisé devant la chambre de l'empereur entra dans la salle des bains chauds. Il semblait très inquiet, lançait des coups d'œil tout autour de lui. Lucius trouva qu'il ressemblait à un gros oisillon ayant miraculeusement survécu à son premier envol raté et s'avançant à petits pas sur un sol inconnu, craignant à chaque instant de se faire dévorer. Plus étrange encore, le médecin de Titus entrait dans le caldarium vêtu des pieds jusqu'à la tête. Publius lui fit signe et Varus s'empressa de les rejoindre.

« Il va vraiment se baigner tout habillé ? C'est un drôle de médecin ! » ironisa Lucius.

L'enquêteur ne lâcha pas son ami des yeux jusqu'à ce qu'il s'asseye sur la margelle à côté de leur bassin.

« Que se passe-t-il, Varus ? demanda-t-il, perplexe.

– Enfin, Publius... J'ai cru que je n'arriverais jamais jusqu'ici ! On m'a suivi, j'en suis sûr ! L'heure est grave... »

Le médecin s'arrêta brutalement lorsqu'il réalisa que Publius n'était pas seul.

« Ne t'en fais pas, c'est mon neveu, le rassura l'enquêteur. Tu n'as rien à craindre.

– Je... je ne sais pas..., bégaya Varus en se remettant à regarder partout. Il y a trop d'oreilles curieuses autour de ces bassins... »

Lucius essayait de se faire tout petit mais, même s'il avait disparu au fond de l'eau, ça n'aurait pas suffi à calmer cet homme terrorisé.

« Enfin, Varus ! insista Publius. C'est toi qui m'as dit de venir ici ! Calme-toi, enlève tes vêtements et entre dans ce bain. On pourra parler tranquillement.

– Ah, non ! Non, surtout pas ! J'ai des preuves sur moi... Je sais des choses. Personne ne doit les trouver, tu comprends ? Si jamais...

– Ce n'est pas très discret de se promener aux thermes tout habillé, le coupa Publius. Même ceux qui jouent à la balle sont à moitié nus ! Tu risques, au contraire, d'attirer les voleurs.

– J'ai pris mes précautions ! Je suis plus malin qu'eux ! Si quelqu'un veut me voler, il aura une belle surprise ! »

En ayant dit cela, Varus tira sur son habit et dévoila entre sa toge et sa tunique la pointe d'une longue broche ouverte. Publius écarquilla les yeux.

« Raison de plus pour te détendre, ajouta-t-il.

– Ce ne sont pas les voleurs qui me font peur, mais les soldats ! Publius, écoute-moi, l'empereur est malade... chuchota le médecin dont le crâne ruisselait tellement qu'une petite cascade de sueur se déversait sur le bout de son nez. C'est pour ça qu'il ne veut voir personne...

– Il s'est enfermé parce qu'il voit des poignards partout, c'est toi qui me l'as dit !

– C'était vrai au début ! Mais maintenant, il est malade, j'en ai la preuve ! Il veut que personne ne le sache, mais moi, je sais, Publius ! Je sais ! Et je crains pour ma vie ! »

Tout à coup, entre les voûtes immenses des thermes, résonna le pas d'un groupe de soldats. Un brouhaha monta ; on n'avait jamais vu de militaires tout en armes venir troubler le calme des bains. Varus s'agrippa à sa toge et entra dans une panique telle qu'il hésita à se jeter dans le bassin pour se cacher. Les soldats inspectaient tout l'établissement, passant de salle en salle. Dans la bibliothèque, on s'arrêta de lire, la grande piscine se vida de ses nageurs, plus une balle ne vint rebondir contre les mosaïques. Et lorsqu'ils pénétrèrent dans le caldarium, l'eau parut tout à coup plus froide aux baigneurs.

« Varus ! cria l'un d'eux. Suis-nous. »

Le pauvre médecin les regardait, pétrifié, comme s'il avait devant lui les trois Parques[1].

« Oh, non ! Publius ! Ne les laisse pas m'emmener ! » Mais déjà les soldats avaient la main sur lui.

« Attendez ! Qu'est-ce que vous faites ? intervint Publius.

– En quoi ça te regarde ? Reste dans ton bain ! répliqua l'un des soldats en tirant légèrement son glaive de son fourreau.

– Je suis Publius Horatius, l'enquêteur de Titus ! Tout me regarde !

– Moi, j'obéis aux ordres ! Plains-toi à Titus, si tu n'es pas content ! »

Il se retourna et rejoignit les autres militaires qui avaient entraîné Varus à l'extérieur. Publius, totalement impuissant, essayait de comprendre ce qui venait de se passer.

1. Les Parques sont les divinités maîtresses de la destinée humaine, de la naissance à la mort.

« Mais… Mais qu'est-ce qu'il a fait ? bafouilla Lucius. Où est-ce qu'ils l'emmènent ?

– Je n'en sais rien. Tout ça est très inquiétant. J'ai l'impression que l'empereur devient fou. Viens, sortons d'ici, j'ai des choses à te dire. »

*

Publius et Lucius récupérèrent rapidement leurs affaires aux vestiaires, sortirent des thermes et empruntèrent les rues sombres et sinueuses de Subure. C'était ici, dans ce quartier, que la ville était la plus moribonde ; la peste s'y était infiltrée dans tous les coins. Devant chaque échoppe gisait un mort ou un malade, le ventre gros, la langue pendue. Au seuil des tavernes, les ivrognes qui à cette heure-ci ne se cachaient déjà plus se mêlaient à ces épaves. Certains hurlaient, titubaient, racolaient les passants, se faisaient dépouiller leur bourse par des larrons plus malins qu'eux. Les lupanars se remplissaient. Ça sentait la misère. Lucius n'osait plus regarder autour de lui.

« Qu'avais-tu à me dire ? » demanda-t-il en cherchant à s'ôter de l'esprit toutes ces horreurs. Mais Publius y revint immédiatement :

« As-tu la moindre idée de la façon dont la peste est entrée dans Rome, Lucius ?

– Ne me dis pas qu'un autre navire malade s'est échoué sur le forum ! répondit le jeune homme.

– Ha, ha ! C'est presque ça, Lucius ! Ce sont tes amis, les marins d'Ostie, qui l'ont apportée jusqu'ici ! L'épidémie a démarré là-bas, la ville a perdu la moitié de ses habitants…

– C'est impossible ! Les marins étaient tous morts, leur bateau a brûlé et nous sommes les seuls à être montés à bord ! En dehors de nous deux, je ne vois pas qui aurait pu ramener ce fléau à terre !

– Tu te trompes, Lucius. Nous ne sommes pas les seuls à être montés sur ce navire. Tu te souviens de ce pourceau de procurateur ?

– Vitulus ? Très bien ! Il cuvait tout son vin le jour de notre départ.

– Non, Lucius. Je l'avais mal jugé, il était malade. Il est mort, comme tous les gens de sa maison. Cet imbécile a dû piller le bateau pendant que nous dormions. Mais ce n'est pas de l'or qu'il a ramené à terre, c'est la peste !

– Admettons, et alors ? Je ne vois pas du tout en quoi ça concerne l'enquête.

– Et pourtant, Lucius ! J'ai de bonnes raisons de croire que ces marins ont apporté la peste à Rome *volontairement* ! Rappelle-toi : seul le capitaine n'est pas mort malade. Les autres étaient dans un état pitoyable, chacun à un stade d'infection plus avancé. Ils ont assassiné ce pauvre capitaine et se sont abandonnés aux miasmes de la peste les uns les autres en attendant que quelqu'un monte à bord et ramène à terre ce fléau ! Ce qu'on a vu à Ostie n'était que le début ! C'était la première attaque des membres de ce complot ! »

Lucius ne savait pas quoi penser des divagations de son oncle. C'était donc ça, la conclusion à laquelle il avait abouti pendant son absence ! Ce qu'il venait d'entendre était complètement insensé ! Attaquer Rome avec la peste, franchement... Et pourquoi pas la prendre d'assaut à coup d'olives et de pruneaux. À force de vouloir faire le lien entre tous les événements auxquels ils avaient assisté, le crâne de Publius avait dû chauffer un peu trop.

« Peut-être que nous avons des marins qui s'entretuent à la pustule, mais je ne vois pas le rapport avec le gladiateur qui a tenté d'assassiner Titus..., répondit Lucius.

Brusquement, Publius fouilla dans son vêtement et brandit sous les yeux de son neveu le pendentif en or qu'il conservait sur lui.

« Le rapport, le voilà ! Tu te souviens de ça ?

– Encore ce maudit pendentif ! Bien sûr que je m'en souviens. Tu l'as pris sur le cadavre d'un marin. Ces pauvres hommes avaient quand même le droit de porter des bijoux, non ? Que ce soit un trident ne fait pas d'eux des complices de ce gladiateur !

– Le rétiaire en portait un autour du cou, Lucius ! Et ce n'est pas tout : l'arme qu'il a lancée en direction de la loge a infligé au garde qui s'est sacrifié une blessure étonnante ! J'ai examiné le corps avec Varus : il avait dans le dos une plaie pourrie par le poison !

– Comme la cuisse du capitaine..., marmonna Lucius.

– Oui ! Comme la cuisse du capitaine ! Tu comprends mieux ? Tous ces événements funestes sont liés entre eux, c'est incontestable ! »

Lucius ressentit soudain le besoin de s'asseoir. Il repoussa un ivrogne qui cuvait sur un trottoir et s'installa à sa place. Les coudes sur les genoux et les mains sur le front, il regardait dans le vide.

« Je ne comprends plus rien ! Il y a trop de pustules, trop de poison, trop de tridents dans cette affaire ! Je me demande si le vieux pêcheur d'Ostie n'avait pas raison : Neptune nous accable !

– Ah, lui... soupira Publius. Tu fais bien d'en parler ! Figure-toi qu'on l'a assassiné aussi, le jour de notre départ !

– Comment ? Assassiné ? Mais ce n'est pas une épidémie de peste ! C'est une épidémie de meurtres ! Mais pourquoi lui ? Pourquoi ce pauvre vieillard ?

– Pourquoi ? Parce qu'il nous a avoué, à nous, les envoyés de l'empereur, quelle était la cible de ce complot ! Et ce n'est pas Titus.

– Mais qui est-ce, alors ?

– C'est toi !

– Moi ? s'étonna Lucius, plus pâle qu'un bloc de craie.

– Oui, toi. Et moi. Et ton père et ta mère, et Titus et tous les Romains ! La cible, c'est l'empire, Lucius ! Ces bandits au trident, ces soldats de Neptune se sont rassemblés dans chaque province conquise et se sont unifiés dès l'instant où l'empire s'est répandu tout autour de la mer. Exactement comme les marins sur leur navire : des Gaulois, des Numides, des Dalmates, ils viennent de partout ! Tu sais ce qu'a crié le rétiaire avant de frapper ? *Mare Invictum*, la mer invincible ! C'est leur credo ! Ils sont peut-être cent, peut-être mille ou dix mille ! Et ils ont des complices ! Ils ont bloqué l'économie du port, à Ostie, avant d'envoyer le feu à Rome et puis la peste ! Oui, Lucius, pendant que l'amphithéâtre et les thermes sont pleins, Rome s'effondre !

Lucius sentit un long frisson lui parcourir le dos. Publius avait vu juste, tout était lié. Il ne pouvait plus se voiler la face : tous les porteurs de trident étaient mêlés à ce complot : les marins, le rétiaire et la mère de Flavia aussi sans doute. Mais Flavia, elle, il était impossible qu'elle se soit rangée du côté des complotistes. Elle n'aurait pas voulu et sauver l'empereur et participer à son assassinat ! Elle n'aurait pas sympathisé avec Publius tout en lui jetant dans les bras tous ces morts ! Mais comment pouvait-elle ignorer que sa mère, qui lui avait appris comment tresser les fleurs avec tant de délicatesse, maniait mieux encore le poison ou la dague ? Lucius se résolut à répondre à cela tout seul. Pas un mot à son oncle. Les secrets de Flavia, c'est lui qui les percerait et il fallait pour ça se remettre dans l'enquête. Le jeune homme se releva et regarda la main de Publius au creux de laquelle reposait toujours le petit trident d'or.

« Ce maudit pendentif n'est pas une breloque, dit-il, tu es allé interroger les orfèvres ?

– Ah ! Enfin, tu te réveilles ! répliqua Publius. Tu vois que quand tu veux, tu ne penses pas comme un âne ! Bien sûr que j'y suis allé, mais ça n'a rien donné. »

Lucius grommela.

« Mais par contre, ajouta Publius, on ne va pas se priver d'aller flâner dans les boutiques ! On a quelqu'un à voir, et tout de suite. Pressons le pas, Lucius ! Au forum, et vite !

– En fin d'après-midi ! s'étonna le jeune homme. Il n'y aura plus grand monde !

– Rassure-toi, la personne que nous allons voir sera là jusqu'à la première veille ! Tu veux sauver l'empire oui ou non ? Alors, dépêchons-nous ! »

10

L'étrange orfèvre

Il y avait peu de monde en effet sur le forum. Pas un sénateur, pas un tribun ne se donnait la peine de s'y rendre à cette heure. Mais les artisans, eux, étaient bien là pour tenir leur boutique dans les galeries couvertes des basiliques. Potiers, cordonniers, ébénistes, chaudronniers, vanniers, tous avaient garni leurs échoppes et ne se lassaient pas de marchander, lui sa louche, l'autre ses sandales, lui ses amphores au plus offrant. Sous les portiques, d'autres marchands avaient allumé leur brasero sur lequel cuisaient dans l'huile des poissons en brochette et des petits oiseaux. Les orfèvres s'étaient établis un peu plus loin, ils ne se mélangeaient pas. Ils ne toléraient pas qu'on vende des brochettes près de leurs boutiques remplies de pierres et de métaux précieux. Lucius et Publius ignorèrent les artisans qui les interpellaient et remontèrent la place en pressant le pas.

« Dire qu'aux premiers temps de Rome, il n'y avait là qu'un grand marché aux bestiaux, sale et malodorant..., commenta Publius. L'or a remplacé les bœufs et la fange !

– Et ce n'est pas plus mal ! répondit Lucius. Jusqu'où nous entraînes-tu, au juste ? Si ça continue, on va se retrouver à l'entrée de la prison !

– Rassure-toi, Lucius. Je n'ai pas encore l'intention de te faire enfermer ! »

Lucius hocha la tête et, quand son oncle le fit entrer dans la boutique d'un parfumeur, le jeune homme se demanda ce qu'ils faisaient là. Quel était le rapport entre les pendentifs et ce bric-à-brac sans ordre où s'entassaient çà et là flacons et alabastres, fioles, coffrets à maquillage ? Quelques inscriptions collées par le marchand révélaient au client ce qui était censé se trouver sur les étagères : cinnamome, myrrhe, huile d'amande douce, d'iris, de rose, essence de lis, crèmes... Mais, là où on lisait *Huiles*, l'étagère débordait de fards à paupières. Là où il était écrit *Crèmes*, les bâtons de khôl formaient de petits fagots en déséquilibre. Les parfums d'épices et de fleurs qui se mélangeaient au hasard dans la boutique avaient quelque chose d'envoûtant et d'écœurant à la fois.

« Si tu veux faire plaisir à ta servante, c'est le bon endroit, Lucius ! » lui glissa Publius d'une voix suffisamment forte pour être entendu par le marchand qui ne s'était toujours pas manifesté.

On entendit soudain un bruit de flacons qui s'entrechoquent et de derrière son fouillis apparut une épaisse silhouette.

« Ah ! Publius Horatius ! s'exclama le marchand. Tu es revenu ! Qui est ce jeune homme qui t'accompagne ?

– C'est mon neveu, Lucius.

– Lucius ? Est-ce qu'il fréquente une femme ? Ou plusieurs, peut-être ? Ha, ha ! Sers-toi dans ma boutique, ton oncle est un ami. Et ne sois pas comme lui, si près de tes sesterces ! Offre un fard, un parfum, ce que tu voudras...

– Nous ne sommes pas là pour ça, Juba », le coupa Publius.

Juba, l'imposant parfumeur, contrarié par l'intervention de l'enquêteur, n'en perdit pas pour autant le sourire éclatant qui perçait à travers son épaisse barbe.

« C'est bien ce que je disais. Ton oncle est l'homme le plus avare que je connaisse ! Et pourtant, moi, j'ai su me montrer généreux envers lui ! Qu'a pensé l'empereur du murex que je t'ai donné, Publius ?

– Tu ne me l'as pas donné, tu me l'as vendu ! Mais Titus avait l'air satisfait, si veux tout savoir.

– Le murex ? s'étonna Lucius. Qu'est-ce que c'est ?

– Comment ? Tu ne sais pas ce qu'est le murex ? Ton oncle ne t'apprend rien, ma parole ! » Le marchand disparut sous ses étagères. Il fouilla dans son capharnaüm et refit brusquement surface, un flacon rempli de poudre violacée à la main.

« Voilà ce que c'est ! Cette poudre vaut de l'or ! Et, sans rire, c'est ici que tu trouveras la meilleure de l'empire. Demande à ton oncle... »

Publius haussa les sourcils.

« Tu devrais lui dire pourquoi le murex est si cher, ajouta-t-il.

– Parce que le mien est importé de Phénicie ! répondit Juba fièrement. Et ces derniers temps, avec le blocage du port qu'il y a eu, trouver du murex, c'est comme trouver un homme sobre à Subure !

– Si c'est cher, c'est surtout parce qu'il faut être courageux pour mettre au point cette poudre ! ajouta Publius en s'emparant du flacon. On l'obtient en broyant des coquillages qui ont pourri plusieurs mois au soleil !

– Ha, ha ! C'est vrai ! concéda le parfumeur en reprenant son bien. Et c'est avec ce coquillage qu'on fabrique les fards à paupières les plus appréciés des riches Romaines ! »

Juba posa le flacon devant lui et Lucius grimaça en pensant à toutes ces femmes qui se badigeonnaient la peau avec ce coquillage pourri.

« Mais pourquoi Titus t'a-t-il envoyé lui acheter du murex ? demanda-t-il. Il se farde les yeux, lui aussi ? »

Juba éclata d'un rire qui fit trembler tous ses bocaux.

« Ha, ha, ha ! Il est amusant ton neveu, Publius ! Non, Lucius, si l'empereur l'utilise, c'est pour écrire, pas pour se maquiller !

– Pour écrire ?

– Oui, pour écrire ! Le murex sert aussi à élaborer l'encre impériale ; c'est lui qui lui donne cette belle couleur pourpre. Il n'y a que l'empereur qui a le droit de s'en servir car c'est avec elle qu'il rédige les documents officiels. Le murex scelle le sort de l'empire ! Ça explique aussi le prix de ce coquillage pourri.

– Et cette encre, tu en vends dans ta boutique..., supposa Lucius.

– Non ! Personne n'a le droit d'en fabriquer ni d'en vendre. Moi, je n'ai que la poudre. Mais pour des besoins urgents, disons que je peux rendre service...

– Ne l'écoute pas, Lucius. Juba parle beaucoup. Beaucoup trop », s'irrita Publius. Le parfumeur, vexé, se pencha vers Publius et lui dit à l'oreille :

« J'ai quand même un peu participé aux dernières décisions impériales... C'est grâce à moi, non, si Titus a trouvé de quoi écrire ?

– Tu devrais lui demander de te nommer préfet, ironisa Publius.

– Très drôle ! Tu pourrais au mois me révéler le contenu du document qu'il a signé ?

– Sûrement pas ! »

Alors que Publius et Juba se chamaillaient comme de jeunes enfants, Lucius, de plus en plus intrigué par le murex, tendit la main pour s'emparer du flacon, mais le parfumeur aux aguets se retourna et l'arrêta à temps.

« Fais attention, jeune homme ! Si tu renverses cette poudre sur toi, tu ne pourras pas t'en débarrasser ! Tu seras tout violet pendant des semaines ! Et puis, ça vaut son prix. Il vaut mieux que je la range puisque ton oncle n'a pas l'air intéressé aujourd'hui. »

Juba reposa le flacon là où il l'avait pris, puis se tourna vers l'enquêteur :

« Dis-moi ce qui t'amène, Publius, si ce n'est pas ce qui se trouve sur mes étagères.

– Je viens pour le trident, répondit l'enquêteur.

– Tu n'as toujours pas réussi à le vendre ? C'est un beau bijou, pourtant. Un peu grossier, mais l'or est de bonne qualité. D'Hispanie, sans doute, ou bien des mines de Dalmatie...

En refondant le pendentif, on obtiendrait de belles boucles, ou peut-être une bague.

– Je ne veux pas le vendre, je te l'ai déjà dit.

– Et moi, je ne sais pas d'où il vient, je te l'ai déjà dit.

– Et cet homme dont tu m'as parlé ? Cet orfèvre sans boutique qui pourrait me renseigner ? Tu l'as vu, cet après-midi ? »

Juba soupira et répondit :

« Si je t'ai dit de venir aujourd'hui, ce n'est pas pour rien, Publius ! Il n'est là qu'une fois par semaine. Il est installé depuis ce matin en face du portique des cordonniers, au bout de la galerie. Tu peux toujours aller le voir, mais je ne te garantis pas qu'il t'en apprendra plus que les autres orfèvres.

– Allons-y, Lucius, c'est notre chance ! »

Publius se jeta sur la porte de la boutique et sortit sous le regard blasé de Juba qui voyait s'effondrer son rêve de commerce avec le palais impérial.

« Rome te remercie ! lui lança l'enquêteur sans même se retourner.

– C'est toujours un plaisir », marmonna le parfumeur en disparaissant sous ses étagères. Publius et Lucius arrivèrent rapidement devant le portique des cordonniers. Un homme était là, en effet. Ils observèrent à distance ce drôle d'orfèvre qui avait dressé là un étal minuscule posé sur deux tréteaux. Dessus, pas le moindre gramme d'or, pas la moindre pierre, seulement ses outils. Les seuls bijoux visibles autour de lui, c'étaient les deux boucles d'oreilles qu'il portait à la manière des anciens Carthaginois. Les bras croisés, les sourcils froncés, la tête enfouie dans le col de son manteau, cet homme semblait tout faire pour que personne ne lui adresse la parole.

« C'est lui !

– Lui ? Que veux-tu qu'il nous apprenne, celui-là ? répliqua Lucius. Tu as vu son étal ? On perd notre temps, ce n'est pas un orfèvre ! Sûrement un réparateur de fortune qui pour deux ou trois sesterces nettoie la crasse incrustée dans les bagues. Je suis sûr qu'il rachète l'or volé dans les rues !

– C'est bien pour ça qu'il peut nous informer, espèce d'âne ! »

À contrecœur, Lucius suivit son oncle et quand ils furent suffisamment près de lui, Publius sortit son pendentif et demanda sans détour :

« Dis-moi, marchand, as-tu déjà vu ceci quelque part ? »

L'homme fixa attentivement le petit trident d'or mais ne lâcha pas un mot. Son visage restait figé dans un rictus austère.

« Allons ! Tu as perdu ta langue ! » insista Publius, exaspéré par son silence.

Mais l'homme ne dit rien, il n'ouvrit pas la bouche. Il écarta seulement ses bras épais qu'il posa sur ses hanches en toisant l'enquêteur. Alors, Lucius, agacé lui aussi, lança la main d'un geste vif sous le menton de l'orfèvre et tira sur le col de son manteau. Il exulta.

Autour du cou de cet homme pendait un autre trident d'or.

Aussitôt, l'orfèvre envoya valdinguer ses outils et prit la fuite. Publius et Lucius se lancèrent à sa poursuite sans réfléchir. Le porteur de trident bousculait les gens, renversait les paniers remplis de grains, les amphores, tout ce qu'il trouvait. Au bout de la grande place, il s'enfonça dans les ruelles.

« Arrêtez-le ! » hurlait Publius. Mais l'orfèvre ne laissait aucune chance aux passants de l'arrêter. Il prenait les devants en les jetant au sol. L'enquêteur trébucha sur l'un d'eux, roula par terre, et lorsqu'il se releva en boitillant, il n'eut pas d'autre choix que de remettre le sort de Rome entre les mains de son neveu.

« Vite, Lucius ! Dépêche-toi ! Ne le lâche pas ! S'il remonte la Via Sacra, nous l'aurons perdu ! »

Lucius fonça sans se préoccuper de savoir comment il s'y prendrait s'il fallait en venir aux mains avec un barbare flanqué de bras si gros. Il avait de bonnes raisons, lui aussi, pour lui mettre la main dessus. Il en avait des questions à lui poser, sur la mère de Flavia, et sur Flavia elle-même ! Aux trousses de l'orfèvre, il évitait les projectiles, courait à travers les rues, enjambait les trottoirs, s'engouffrait entre les immeubles. Mais cet homme-là était coriace et déterminé à ne pas se laisser prendre. Au détour d'un temple, Lucius perdit sa trace. L'homme s'était volatilisé. À droite, rien. À gauche, rien non plus. Il avait disparu. Dépité, Lucius s'adossa contre une grande grille pour reprendre son souffle.

Peu de temps après, Publius l'avait rejoint.

« Où est-il passé ?

– Je n'en sais rien du tout... Je le suivais de près et il s'est envolé, tout d'un coup.

– Il s'est envolé ? Tu te moques de moi ? »

Publius était abattu. Leur seule chance d'élucider cette affaire venait de leur passer sous le nez. Il ne pouvait pas en vouloir à Lucius, il avait fait tout son possible. À court d'idées, il s'adossa contre la lourde grille à côté de son neveu. Et celle-ci se déroba. Ils se retrouvèrent tous les deux étendus par terre.

« C'est ouvert ! se réjouit Publius.

– Je vois, oui, marmonna Lucius en se tenant le crâne.

– Par Jupiter ! Voilà par où l'orfèvre s'est envolé ! Aide-moi à ouvrir cette grille en grand. »

Ils s'agrippèrent tous les deux aux barreaux et poussèrent. Lorsqu'il put entièrement passer de l'autre côté, Publius fit un pas en avant et reconnut les lieux.

« C'est une entrée du grand cloaque.

– On ne va quand même pas s'aventurer dans cet égout sans être sûrs qu'il est entré là-dedans ?

– À ton avis, Lucius ? »

Ils s'enfoncèrent alors dans un large boyau où la puanteur était insoutenable. Au bout de quelques mètres, ils pataugeaient dans l'eau sale, dans une obscurité presque totale. Ils s'efforçaient de faire le moins de bruit possible, mais le moindre toussotement résonnait contre la voûte de l'immense égout où étaient abandonnées les ordures des Romains qui pourrissaient dans ces galeries jusqu'à ce que la pluie les envoie au fond du Tibre. Les entrailles de Rome étaient chargées d'immondices. Lucius sentait la nausée monter, mais lorsqu'il vit la lumière d'un flambeau se refléter contre la paroi, il comprit que la nausée n'était pas ce qui pouvait lui arriver de pire. Publius se retourna et lui fit signe de rester silencieux. Ils n'étaient pas seuls. On percevait un brouhaha provenant du fond du boyau. L'homme qu'ils avaient suivi en avait rejoint d'autres. Lucius s'imaginait déjà pris dans une embuscade, le dos transpercé par un trident empoisonné, mort, comme un rat, au beau milieu du grand cloaque sans avoir revu Flavia. Son oncle le tira par le bras et ils se retrouvèrent aux premières loges d'un spectacle édifiant.

Tout à coup, le boyau se changea en un large promontoire surplombant une immense salle souterraine. Un petit escalier humide permettait d'y accéder, mais il était hors de question d'y descendre. C'était pire que se jeter dans la fosse aux lions. À une dizaine de mètres au-dessous d'eux, environ trois cents personnes, hommes et femmes confondus, s'agitaient. La lumière des grands flambeaux qui éclairait leur visage les faisait ressembler à des damnés, ces ombres qui patientent aux Enfers en attendant que Pluton décide de leur sort.

« Les voilà, les porteurs de trident », murmura Publius.

Soudain, empruntant un autre escalier dans le fond de la salle souterraine, une femme apparut. Les regards se tournèrent vers elle et suivirent sa démarche pleine de noblesse et de grâce. Sa longue robe voilait complètement ses pieds, elle paraissait flotter au-dessus du sol. Les épaisses boucles noires de ses cheveux, à chacun de ses pas, lui caressaient le dos.

« Qui est cette prêtresse ? » baragouina Lucius.

Publius ne répondit pas. Il regardait cette femme et attendait qu'elle parle.

Elle tendit la main et deux hommes l'aidèrent à monter sur une petite estrade à chaque bout de laquelle se trouvaient deux grands candélabres. La lumière des flammes éclairait à présent son visage. Sous son front ceint d'un large diadème de fleurs, deux yeux sombres et farouches semblaient défier le monde. Soudain, sa voix résonna dans le grand cloaque.

« Mes amis, grâce à vous, ces stupides Romains paient leur arrogance ! Après tous les fléaux que nous avons lancés sur eux, ce soir, nous allons porter le coup fatal à cet empire ! »

À peine avait-elle prononcé ces mots qu'une clameur gronda. Publius se raidit.

« Par Jupiter, Lucius... Ce n'est pas une prêtresse. C'est la reine Bérénice ! » Lucius n'en croyait pas ses yeux. Ce n'était pas Bérénice qu'il avait devant lui. C'était la mère de Flavia.

Les choses étaient pires encore que ce qu'il avait imaginé. Non seulement la mère de Flavia faisait bien partie du complot, mais c'était elle qui commandait tous ces assassins. Le jeune homme s'affaissa sur le sol poisseux du grand cloaque. Aussitôt, Publius le saisit par les épaules et le secoua si fort qu'il l'empêcha de s'égarer :

« Lucius ! Lucius, écoute-moi ! Va chercher les vigiles, les cohortes urbaines, les légions si tu les trouves ! Dépêche-toi et reviens vite ! Je vais les retenir.

– Mais... mais comment ? balbutia le jeune homme encore sonné.

– Je trouverai. Va ! Va vite ! »

Et, comme s'il s'était assis sur des braises ardentes, Lucius se redressa d'un bond et se rua dans le boyau en courant dans l'eau sale.

11

La reine des assassins

Publius se retrouva seul, caché sur le promontoire, au-dessus de cette terrifiante armée clandestine. Pour empêcher les conspirateurs d'agir et gagner un peu de temps avant que Lucius ne revienne, il savait qu'il devrait descendre. Il attendait le bon moment pour se lancer en observant la reine. Portée par la ferveur de ses disciples, du haut de son estrade, Bérénice faisait toujours trembler les voûtes moites de l'égout :

« Mes amis ! Quand les Romains vont-ils enfin comprendre que ni les glaives de leurs légions ni les lois de leur Sénat ne nous empêcheront de nous soulever ? Peuples de la mer ! Brandissez vos flambeaux ! Lyciens, êtes-vous là ? »

Un groupe s'avança d'un pas et hurla : « *Mare Invictum !* »

« Syriens, êtes-vous là ?

– *Mare Invictum !*

– Et vous, Dalmates, Africains, Gaulois de Narbonnaise ?

– *Mare Invictum !* »

Mare Invictum. Ces mots qu'avait lancés le rétiaire en même temps que son trident, ce cri de ralliement, c'était bien leur credo. Publius ne s'était pas trompé. Au fond du cloaque, il y avait des représentants de chaque province comme à bord du navire malade. Et chaque province voulait renverser Rome. Oui, tout avait commencé à Ostie et tout allait se terminer ici, dans cet égout, d'une manière ou d'une autre. L'enquêteur se redressa et se dirigea vers l'escalier humide. En bas, la meute impatiente était suspendue aux lèvres de la reine Bérénice.

« Peuples de la mer ! hurlait-elle. Titus a résisté à nos assauts ! Mais cette nuit, nous nous ruerons sur son palais ! »

Publius, sans trembler, descendit dans la fosse. Avant même que la foule rassemblée n'ait pu crier ses hourras, sa voix résonna sous le plafond de la salle souterraine :

« C'est à tes assauts à toi surtout que Titus a résisté, Bérénice ! »

Toutes les têtes se tournèrent alors vers l'escalier. Et dès qu'ils aperçurent l'enquêteur, les disciples de la reine brandirent leurs armes, prêts à se jeter sur lui. Mais Bérénice leur fit signe de le laisser approcher.

« Publius Horatius ! s'exclama-t-elle.

– Bérénice, la reine de Judée ! Alors c'est toi qui es derrière tout ça...

– Oh, Publius... Tu exagères ! Je ne suis qu'une maille du filet qui se jette sur vous !

– Et depuis quand cette maille est-elle revenue à Rome ?

– Je n'ai jamais été très loin. Ça te surprend ?

– Pas vraiment, non. Ce qui m'étonne par contre, c'est de voir à quel point tes goûts ont changé ! La dernière fois que je t'ai vue, tu vivais au palais... Tes nouveaux appartements sont plus modestes ! se gaussa l'enquêteur en pointant du doigt les parois du cloaque. Ils te correspondent mieux sans doute, mais c'est mal aéré. Il y a comme une odeur. La puanteur des ordures et du complot, sans doute. »

Publius s'avança vers la reine en repoussant tous ceux et celles qui poussaient sur lui des grognements. Comme il s'en doutait, tous ici portaient le trident d'or autour du cou.

« Comment es-tu arrivé jusqu'ici ? lui demanda-t-elle.

– C'est que tes amis laissent des traces... » répondit Publius en lui montrant du bout des doigts le pendentif du marin.

Bérénice sourit et laissa l'enquêteur la rejoindre sur l'estrade. Ils étaient tout près l'un de l'autre maintenant. Elle le fixait de ses grands yeux noirs et Publius soutenait son regard.

En les voyant ainsi face à face, on aurait pu croire un instant à une sorte d'admiration réciproque. Mais brusquement, Publius jeta le pendentif à terre et le piétina.

« C'est parce que Titus t'a répudiée que tu as rassemblé tous ces gens ? Les moyens sont énormes pour une vengeance aussi misérable.

– Ha, ha, ha ! Publius..., ricana la reine. Que sais-tu de Titus ? Tu dis qu'il m'a répudiée ? Il est à mes pieds, au contraire ! Qui lui a conseillé de t'envoyer à Ostie respirer le même air que les pestiférés pendant que nous répandions l'incendie dans les rues, à ton avis ? »

La salle tout entière railla l'enquêteur, mais lui ne sembla pas plus déstabilisé que ça.

« Pendant tout ce temps où tu te cachais, tu aurais dû apprendre à mieux mentir, Bérénice ! répliqua-t-il. Titus serait venu me chercher au fond de ma campagne où je ne savais rien, pour m'envoyer mourir à Ostie après m'avoir mis sur ta piste ? Ce que tu dis n'a aucun sens ! Et même si c'était vrai, quel échec, ma reine ! Je suis là, devant toi, plus vivant que jamais !

– Crois ce que tu veux, Publius... Le procurateur du port a pris ta place au fond de vos Enfers, c'est tout. Toi ou un autre, c'est toujours un Romain de moins !

– Et ton rétiaire a pris la place de Titus ! Tu pouvais tuer l'empereur toi-même, puisqu'il est à tes pieds ! Pourquoi avoir envoyé un pauvre gladiateur se faire massacrer ?

– Pourquoi ? C'est toi, Romain, qui me demande pourquoi ? À quoi bon le tuer au fond d'une chambre sombre quand son peuple peut suivre des yeux le jet du trident qui le transperce ? Pourquoi ? Mais pour le spectacle ! »

Bérénice leva les mains en l'air et ses gens applaudirent.

La reine et l'enquêteur se tournaient autour maintenant, comme deux fauves dans l'arène. Et les spectateurs avaient leur favori. À chaque mot que la reine prononçait, le cloaque tout entier tremblait au cri de « *Mare Invictum !* » Publius commençait à se demander s'il parviendrait à les contenir avant que Lucius ne ramène la garde. Il craignait que la reine de Judée ne finisse par se lasser de jouer avec lui comme un chat avec sa proie. À un moment ou à un autre, elle donnerait l'ordre à l'un des porteurs de trident de se ruer sur lui, l'arme à la main. Mais, transportée par la colère qui la consumait, elle se contentait pour l'instant de déverser toute sa haine de Rome sur l'enquêteur.

« Pauvre petit patricien fouineur, tu es comme tous les tiens ! s'écria-t-elle. Tu penses tout savoir ! Tu ne connais pas ton empereur. Et cet empire que tu appelles Rome, qu'en sais-tu ? Rien du tout. Que sais-tu des Lyciens, des Illyriens, des Libyens, des Judéens en dehors de ce que vous leur avez pris de force ?

– Je sais que Rome les protège et les nourrit !

– Mais vous vous nourrissez d'abord ! Avec nos marchandises ! Et vous vous protégez en enrôlant nos hommes dans vos légions pour repousser vos frontières encore plus loin !

– Ces frontières, ce sont les vôtres ! Et ces peuples dont tu parles, que ça te plaise ou non, ce sont des Romains maintenant eux aussi !

– Nous n'avons rien demandé, Publius ! Quel choix nous laissez-vous ? Vous suivre ou mourir ! Et en vous suivant, nous mourons tous un peu ! Rome, c'est la gangrène qui a pris dans la jambe de notre mer et qui s'est répandue tout autour de ses rives ! C'est un grand serpent froid qui se glisse où il veut et creuse son terrier sous toutes les maisons ! Et nous allons lui couper la tête et le jeter au feu ! »

Les porteurs de trident, surexcités, reprirent ces paroles comme un nouveau credo. Cette fois, ils ne se contentaient plus de hurler. Ils tapaient contre l'estrade, faisant vaciller les candélabres. Ceux qui étaient les plus près, les plus féroces, cherchaient à faire tomber l'enquêteur en s'agrippant à ses chevilles. C'était sa tête à lui qu'ils voulaient jeter au feu. Même la reine semblait ne plus pouvoir tenir ses loups.

« Tu es folle, Bérénice ! lui lança Publius en se défaisant des mains qui l'assaillaient.

– Peut-être, oui, répondit-elle. Mais vous l'êtes encore plus de vous croire intouchables. Vous êtes lâches, faibles et arrogants !

– Nous sommes puissants, déterminés, persévérants !

– Implacables, aveugles et froids !

– Visionnaires, civilisés et droits !

– Dévorés par l'honneur. Incapables d'aimer. »

Bérénice se figea un instant, puis elle écrasa elle-même le bras qui venait d'attraper la jambe de l'enquêteur. Elle n'avait pas encore fini de parler.

« Mais nous, Publius, nous aimons. Notre vie sans vous, nos rives, nos villes, nos peuples, tout ce que vous avez cru détruire de nous, nous l'aimons. Et c'est pour ça que nous triompherons de votre empire ! Ton poète l'a dit : l'Amour triomphe de tout !

– Pas des légions, hélas... », répondit Publius alors qu'un énorme vacarme venait soudain de retentir dans l'égout.

Les gardes débarquaient enfin. Le pas lourd des soldats se mêla aux cris des complotistes qui ne savaient pas s'il fallait fuir ou combattre en voyant fondre sur eux tant de lames acérées. Bérénice bondit de l'estrade et fila vers le fond du cloaque. Mais Publius, à ses trousses, la saisit par le poignet avant qu'elle ait pu rejoindre l'escalier par lequel elle était descendue. L'enquêteur serra son bras le plus fort qu'il put et la ramena contre lui. Il l'avait à sa merci ; elle le dévisageait. La reine de Judée était si proche qu'il pouvait sentir l'odeur des fleurs fraîches de son diadème.

« C'est terminé, dit-il. Ni toi ni tes amis ne couperez la tête de personne. »

Bérénice n'essaya pas de se débattre. Elle tourna la tête et regarda tout autour d'elle ; le combat était atroce et ressemblait plutôt à une exécution de masse. La moitié de ceux qui avaient décidé d'affronter les soldats avait déjà un pied dans l'Hadès, l'autre ne tarderait pas. Certains de ses disciples s'étaient éparpillés dans les boyaux souterrains du cloaque sans savoir que devant chaque entrée, d'autres glaives attendaient.

Bérénice se mit à ricaner nerveusement, jusqu'à ce que ses rires se changent en sanglots. Et l'incendie dans son regard s'éteint au fond de ses yeux humides. Son visage changea, n'affichant plus ni défi ni colère. Lentement, elle attrapa à son tour la main de l'enquêteur.

« Tu avais raison, je t'ai menti tout à l'heure, Publius. Je n'ai pas revu Titus depuis dix ans au moins... Il n'est pas à mes pieds, je le regrette... Ton empire, je le hais, mais ton empereur, je l'aime. Comme il m'a aimée, lui aussi, autrefois.

– Et tu voulais que tous les désespérés dans cet égout se ruent sur son palais ? Tu as une drôle de façon d'aimer, Bérénice ! »

La reine hocha la tête et, le regard perdu dans les traînées de sang qui s'étaient répandues partout dans la salle souterraine, elle ajouta comme si elle se parlait à elle-même :

« Je comptais le sauver avant qu'ils ne s'y rendent... comme pendant l'incendie, comme dans l'amphithéâtre. C'est Rome qui me l'a pris. J'ai voulu le reprendre, et qu'on vive à nouveau ensemble, loin de ta ville en ruines, chez moi, dans une Judée libre, où personne ne l'aurait chassé.

– C'est pour ça, Bérénice ! s'exclama Publius en refusant de se laisser attendrir. C'est pour ça, tous ces morts ? Pour que ton rêve fou se réalise ? C'était perdu d'avance ! Ni la peste, ni le feu, ni la guerre n'auraient suffi ! Tous ces gens sont morts pour rien. Jamais Rome n'aurait laissé partir son empereur ! Jamais vous n'auriez pu vous enfuir tous les deux !

– Pas tous les deux, Publius. Tous les trois. Lui, moi et notre enfant qui vit à ses côtés, déguisée en esclave, depuis qu'on m'a renvoyée du palais.

– Flavia ! s'exclama l'enquêteur, sidéré. Flavia est votre fille ?

– Oui. »

Et Publius, qui avait su que Titus était le père de Flavia quand il avait inscrit son nom sur le testament, comprit soudain pourquoi c'était la Judée que l'empereur voulait lui céder. C'était l'héritage de sa mère qu'il lui restituait.

« La pauvre enfant... », pensa-t-il en resserrant la main sur le poignet de sa captive.

« Tout ça ne change rien. Tu es la reine des assassins, je vais t'arrêter. C'est tout.

– Tu recommences, Publius, répondit-elle en s'approchant plus près de lui encore. Une fois de plus, tu penses tout savoir... Je ne suis la reine de personne. Ce n'est pas moi qui tire les ficelles de ce complot. Je ne suis qu'une maille du filet, je te l'ai dit...

– Tu mens.

– Non. Moi, je ne suis qu'une poupée qu'on agite pour exciter les révoltés, pour que celui que tu cherches reste dans l'ombre. Et oui, Publius, même si tu m'arrêtes, tu auras échoué ! Il y a quelqu'un de plus dangereux que moi pour ton empire ! Quelqu'un qui le voudrait rien que pour lui. Quelqu'un qui a eu besoin de moi pour rassembler ses troupes et qui m'a promis en échange ma Judée et Titus sain et sauf. Mais nous avons échoué, et je n'aurai plus rien. Il trouvera bientôt une autre Bérénice et toi, petit patricien fouineur, tu auras tout à refaire.

– Dis-moi qui c'est, ordonna Publius.

– Non. Si tu me retiens encore, ces soldats me tueront devant toi, comme ils ont tué le rétiaire dans l'arène, et tu n'auras plus aucune chance de le savoir. Laisse-moi partir, et tu sauras tout. »

La bataille autour d'eux prenait fin. On n'entendait plus que des râles, et quelques hurlements désespérés que le glaive des soldats faisait taire aussitôt. Il n'y avait déjà plus de cohue. Les soldats ne tarderaient pas à les voir dans ce recoin du cloaque et l'enquêteur savait que la reine avait raison : ils ne l'épargneraient pas, elle encore moins que les autres. Pour la première fois, Publius Horatius ne savait pas quoi faire.

« Je te dirai tout, Publius, insista Bérénice. J'ai perdu la Judée, encore une fois, mais je compte toujours récupérer Titus. Celui qui est derrière tout ça n'a plus aucune raison de laisser l'empereur en vie. Il faut que tu l'arrêtes.

– Et comment je ferai pour te retrouver maintenant que tu vas te terrer autre part ? » demanda l'enquêteur en desserrant lentement son étreinte.

La reine de Judée libéra son poignet et, de ses mains libres, ôta son trident d'or.

« Cherche Hérodias. Partout où tu iras, montre ça. Tu me trouveras vite, j'y veillerai. »

Et, le pied déjà posé sur une marche de l'escalier, Bérénice attacha son pendentif autour du cou de Publius.

« Ça ne te va pas si mal, lui dit-elle.

– Va-t'en », répondit l'enquêteur.

La reine s'enfuit sans se retourner et Publius la regarda disparaître quelque part dans l'égout. Seul, au bas de l'escalier, il essayait encore de se convaincre qu'elle ne lui avait pas menti.

Mais l'enquêteur, en réalité, n'était pas seul. Il y avait quelqu'un d'autre à quelques pas de lui. Depuis un bon moment, Lucius, qui était entré dans le cloaque en même temps que la garde, s'était frayé un chemin entre les cris et les coups pour retrouver son oncle. Il avait contourné l'estrade et ce qu'il avait vu dans le fond de la salle l'avait fait tomber à genoux. Son oncle et Bérénice, main dans la main, si proches l'un de l'autre, avaient l'air, d'où il était, de se dire des secrets. Sans avoir pu entendre ce qu'ils s'étaient raconté tant la bataille grondait encore, Lucius avait vu la reine de Judée passer ses bras autour du cou de son oncle et lui offrir son trident d'or. On aurait dit deux amants clandestins forcés de se quitter, portés par l'espérance de se revoir bientôt. Quand Publius laissa s'enfuir la reine, le jeune homme étouffa un sanglot écœuré. Il lutta pour ne pas se laisser envahir par ses pensées : son oncle et Bérénice étaient du même camp. Flavia aussi faisait partie du complot. Ils se connaissaient bien, voilà pourquoi elle lui avait tout dit de leur escapade à la ferme ! Et ce message qu'elle avait voulu faire parvenir à Rome, ce message rédigé dans la langue des Judéens, n'était pas destiné à prévenir Titus, mais bien à faire en sorte qu'il succombe à l'attaque du rétiaire. Tout le monde l'avait trompé, depuis le début. L'enquêteur l'avait trahi. Flavia n'avait jamais eu l'intention de sauver l'empereur que sa mère voulait assassiner. Ils étaient, à eux trois, les pointes du trident.

Publius se retourna enfin, mais il n'eut pas le temps d'apercevoir son neveu à genoux. Il tomba nez à nez avec un soldat de la garde qui se figea dès l'instant où il aperçut son pendentif.

« Attends ! » s'écria l'enquêteur.

Mais le soldat, qui ne savait s'il fallait ou non embrocher ce Romain qui portait à la fois la toge et le trident, l'assomma du pommeau de son glaive. Ce maudit pendentif, qui devait lui permettre de résoudre son enquête et de sauver l'empereur, l'envoya en prison.

Lorsqu'il revint à lui, Publius Horatius était entre les mains de Servius Plotius. Et le soir même, tout en haut du mont Palatin, Titus mourait dans sa chambre.

12

Les deux témoins

Trois jours s'étaient écoulés depuis que les porteurs de trident avaient été massacrés dans le grand cloaque. Trois jours depuis qu'on avait retrouvé l'empereur assassiné dans sa chambre. Publius Horatius, accusé de tous les malheurs de Rome, venait d'être entendu par le juge Quintus Æmilius et, peu après son audience, il avait été renvoyé dans sa cellule. L'empire tout entier attendait sa condamnation et s'impatientait d'assister à son exécution publique. Ce serait pour demain peut-être. Ou après-demain. Que le peuple ne s'en fasse pas trop, il aurait droit à une mise à mort spectaculaire.

La nuit tombait à peine et déjà, dans les rues sales de Subure, s'agglutinait tout ce que Rome avait de vil. Partout, ça sentait l'urine, la crasse, la misère. Les hurlements des ivrognes n'en finissaient pas de se mêler aux plaintes des malades le long des devantures sales des boutiques. À chaque coin, les bandits guettaient une proie facile à détrousser tandis qu'à l'intérieur des innombrables *popina*, ces tavernes lugubres, les citoyens pauvres s'inventaient une richesse d'apparat en s'offrant pour presque rien du vin immonde, une bouillie infecte, une partie de dés et le corps d'une femme à l'étage pour moins d'un as. Des Romains plus aisés, à peine dissimulés sous un déguisement ridicule, se mêlaient parfois aux artisans, aux ouvriers, aux esclaves et jouaient les canailles pour se distraire. Un des plus grands luxes des nantis, c'était de revêtir les habits du pauvre quand l'envie leur en prenait. Et tout était parfait à Subure pour qu'ils ne s'en privent pas.

Dans cette fange, le corps fluet d'une jeune fille dissimulée sous son manteau serpentait d'un pas décidé dans les ruelles. Elle n'était pas rassurée, elle avait peur même, mais ses mains ne tremblaient pas. Un ivrogne la vit, seule, et l'attrapa violemment par le bras.

« Oh, la jolie petite esclave ! Qu'est-ce que tu fais ici ? Tu cherches ton maître ? »

Il ricana et tenta de l'entraîner dans un recoin plus sombre. Mais la jeune fille, d'un revers de la main, lui arracha la dernière dent qui lui restait.

« Espèce de porc ! » lança-t-elle alors que l'ivrogne assommé gisait à ses pieds.

En se retournant, elle se heurta contre la poitrine d'un colosse. Elle recula et leva la main, prête à se défendre encore s'il le fallait.

« Ce ne sera pas utile, anticipa cet homme gigantesque. Tu n'as rien à craindre de moi si tu es bien Flavia.

– C'est moi, répondit-elle.

– Alors, suis-moi. »

Ils s'enfoncèrent tous les deux dans le cœur flétri de Subure. Quelques minutes plus tard, ils se trouvaient devant le seuil de la plus obscure des gargotes. Ils en poussèrent la porte ; ça sentait le graillon rance et la sueur. Près de l'entrée, assis sur des tabourets, des clients vidaient leurs coupes, s'empiffraient, lançaient les dés dans un vacarme assourdissant. Ils étaient plus affreux les uns que les autres. Ceux qui étaient entassés debout autour d'eux les bousculaient si fort que les gamelles se retrouvaient par terre et le vin ruisselait sur les pieds sales et le plancher miteux. Le colosse se fraya un chemin en écartant les soûlards et, au bas d'un escalier sur lequel montaient et descendaient des hommes agrippés au bras de femmes à la beauté défraîchie, il fit signe à Flavia de se rendre à l'étage.

« Hérodias t'attend là-haut », ajouta-t-il.

L'étage était jalonné de cellules glauques et sur l'une des portes, Flavia aperçut le nom d'Hérodias. Elle soupira et entra. À l'intérieur, il n'y avait qu'un lit, un guéridon bancal sur lequel étaient posés des objets de toilette, un coffre usé ; c'était à peu près tout. Sur le lit, une grande femme brune était assise, les cheveux mal tirés, l'air sombre.

« Hérodias ? se hasarda Flavia.

– Tu n'aimes pas ?

– Je préfère Bérénice. »

Flavia, sans oser s'avancer, observa sa mère. C'était la première fois qu'elle la revoyait depuis qu'elle s'était évanouie dans ses bras le jour de l'incendie. Entre-temps, Flavia avait connu Lucius, et Bérénice s'était aventurée dans les égouts. Toutes les deux avaient surtout dû faire face à la mort de Titus, chacune de son côté. La reine de Judée semblait totalement éteinte, elle n'était plus celle qui, quelques jours plus tôt, haranguait les membres de son armée clandestine. Elle semblait si vulnérable...

« Tu n'as pas trouvé de meilleure cachette ? lui demanda Flavia. Je suis une esclave et je vis mieux chez Servius que toi dans ce taudis !

– C'est l'endroit le plus sûr de Rome, répondit la reine en se détournant d'elle. Qui viendrait me chercher ici, à part toi ?

– Je ne t'ai pas cherchée, on m'a dit de venir. »

Flavia fit enfin un pas, puis deux, puis sa colère commanda le reste. La jeune fille, en pleurs, se déchaîna soudain, jetant le guéridon à terre, renversant ce qu'elle pouvait renverser, déchirant ce qu'elle pouvait déchirer. Elle dévasta la toute petite pièce, lançant sur sa mère des reproches qui l'atteignirent plus violemment qu'un jet de javelines lancées par toute une cohorte.

« Tu as tué mon père ! » répétait-elle sans cesse.

Bérénice, la terreur de l'empire, gémissait, recroquevillée sur elle-même dans un coin de son lit en attendant que Flavia se calme.

« Tu sais bien que c'est faux… parvint-elle à répondre quand sa fille arrêta de hurler.

– Tais-toi ! Je sais tout. Publius Horatius m'a tout dit avant de se faire arrêter. Il m'a parlé de son enquête, des peuples de la mer et des tridents. J'ai tout de suite compris que tu étais mêlée à ça, mais il était trop tard pour prévenir Titus. Il ne voulait plus voir personne, même moi je n'ai pas pu l'approcher. Quand il m'a enfin ouvert sa porte, il est mort dans mes bras. Et je t'ai détestée. »

Bérénice se redressa et tendit la main vers sa fille qui la repoussa.

« Je ne lui voulais aucun mal ! jura la reine. Pourquoi t'aurais-je demandé de l'empêcher d'assister au combat de gladiateurs, sinon ? Ce que j'ai fait, Flavia, je l'ai fait pour nous trois. Pour vous récupérer. Mais j'ai tout perdu, je le vois. Il ne me restait que toi et ce qui se trouvait dans cette chambre. Je n'ai plus rien, tu viens de tout détruire.

– C'est toi qui as tout détruit ! Regarde-moi ! Regarde ce que je porte autour du cou ! C'est un collier d'esclave ! Le nom de mon maître est écrit dessus : Servius Plotius. Je ne suis plus déguisée, je ne fais plus semblant, je ne joue plus la servante. Tu sais ce que j'endure chaque matin en lavant les pieds de mon maître ? Tu sais ce que sa femme m'inflige quand elle n'est pas satisfaite de la coiffure que je lui fais ? Elle me pique jusqu'au sang avec ses aiguilles ! C'est moi qui ai tout perdu ! Je suis réduite en esclavage et mon père est mort parce que ma mère a comploté contre lui !

– Pas contre lui, Flavia ! Il y avait toujours quelqu'un pour le protéger.

– Mais le soir de sa mort, il n'y avait personne ! »

Bérénice sursauta et se leva d'un bond. La mère et la fille, debout, se faisaient face, chacune attendant que l'autre cède.

« Si ton ami Publius n'avait pas rassemblé toute la garde contre moi, il y aurait eu quelqu'un, lâcha la reine de Judée.

– Si tu n'avais rien fait, la garde serait restée en place ! » lui renvoya Flavia.

C'est la mère qui céda. Bérénice s'effondra et, les genoux à terre, elle implora Flavia de ne pas l'accabler.

« Tout n'est pas de ma faute... Ce n'est pas moi qui décidais de tout.

– Je le sais, coupa la jeune fille.

– Ça ne devait pas se passer comme ça, Flavia... Je voulais venir vous chercher tous les deux avant que les autres ne prennent le palais d'assaut ; nous serions partis en laissant cette guerre à d'autres. Mon seul combat, ce soir-là, c'était vous. Il faut que tu me croies...

– Tu aurais dû être là, alors, avec nous, au palais, au lieu de ramper dans les égouts ! Tu aurais vu comme moi celui qui te donnait des ordres trahir mon père en entrant dans sa chambre !

– Il m'a trahie, moi aussi ! Il ne devait pas le toucher, lui non plus !

– Il l'a fait ! Je l'ai vu ! J'étais là, effrayée, cachée derrière un meuble quand il s'est approché du lit, son poignard à la main. J'ai espéré que tu arrives, mais tu n'es pas venue...

– Son poignard ? s'étonna Bérénice. Ce chien ne l'a pas empoisonné ?

– Peu importe. Il va payer pour ce qu'il a fait. »

Bérénice se releva, et lentement enlaça Flavia qui cette fois se laissa faire sans la repousser. Elle la serra contre elle, tout doucement d'abord, et puis serra encore, aussi fort qu'elle en avait besoin.

« Ne te mêle pas de ça, lui dit-elle. Ne cherche pas à te venger, il y a déjà eu trop de morts. Le tuer ne changerait rien... Quittons cette ville, partons toutes les deux et laissons les Romains se dévorer entre eux. Tout ça ne nous regarde plus.

– Qui te parle de le tuer ? répondit Flavia, la tête encore enfouie dans le cou de sa mère. Je ne suis pas comme toi à prendre la vie des autres sans me soucier de rien. Je vais le dénoncer au procès de Publius…

– Tu es une esclave, ma fille, sanglota Bérénice en lui caressant les cheveux. Tu ne peux pas témoigner…

– Je trouverai comment faire. »

La reine de Judée sentit alors sa fille s'écarter d'elle. Flavia, à reculons, se dirigea vers la porte de la chambre. Elle partait.

« Le seul coupable, c'est cet empire ! s'écria Bérénice, pensant la retenir un peu. C'est Rome et son peuple monstrueux qui sont responsables de tout !

– Je suis romaine aussi, répondit Flavia. Et le seul monstre que je vois devant moi, c'est toi. Bon retour en Judée, Hérodias. »

La jeune fille se retourna et s'en alla, abandonnant sa mère dans sa cache sordide.

Elle quitta la taverne plus déterminée que jamais à faire en sorte que le coupable, le vrai, soit enfin puni. Elle irait témoigner au procès, d'une manière ou d'une autre. Elle ferait condamner ce traître et, par la même occasion, elle ferait respecter les dernières volontés de son père. Elle seule le pouvait, personne d'autre. Car si Titus était mort trop tôt, il avait tout de même eu le temps de lui confier son testament et de lui révéler ce qu'il avait fait inscrire dessus pour elle.

Flavia pouvait à la fois rendre justice à son père et accomplir le désir de sa mère en libérant la Judée. Mais pour ça, personne ne devait plus la voir comme une esclave. Il fallait qu'elle soit libre pour pouvoir dire tout ce qu'elle savait devant le tribunal. Elle devait donc trouver le moyen de convaincre le préfet du prétoire de l'affranchir.

*

Emmitouflée dans son manteau, Flavia retraversa Subure en direction de la maison de son maître, à deux pas du palais impérial. Elle espérait qu'il ne se soit pas aperçu de son absence. Le préfet du prétoire avait ses exigences, même la nuit, et la jeune fille ne tenait pas, après l'entrevue qu'elle venait d'avoir avec sa mère, à subir une nouvelle humiliation de sa part. Elle avait beau chercher, elle ne voyait pas encore comment s'y prendre pour retrouver sa liberté. Elle pouvait fuir, bien sûr, mais fuir ne lui offrirait pas la possibilité de témoigner. Elle se creusait la tête, encore et encore, accélérant le pas pour regagner les hauteurs du Palatin avant la dernière veille. Au sommet de la colline, elle s'arrêta un instant, abaissa la capuche de son manteau et prit quelques minutes pour inspirer l'air de la nuit. Ici, ça sentait le pin et pas l'ordure comme dans le repaire lugubre qu'avait choisi sa mère. Cette odeur fraîche de résine et d'aiguilles, ce parfum qu'elle avait si souvent senti tout autour d'elle lorsqu'elle était enfant, lui redonna courage. Et il lui en fallait déjà pour supporter d'avoir devant les yeux le palais de son enfance et l'entrée de la maison où elle était esclave.

Flavia s'apprêtait à entrer chez Servius Plotius quand elle vit la silhouette d'un homme en sortir brusquement, s'engager dans la rue et se figer aussitôt qu'il arriva à sa hauteur. Contrairement à elle, il avait toujours sa capuche relevée sur la tête. Il la rabaissa. Flavia se figea à son tour.

C'était Lucius.

Ils se regardèrent longtemps sans pouvoir rien se dire, cherchant peut-être à retrouver l'un chez l'autre une trace des heures heureuses qu'ils avaient vécues ensemble. Elles étaient loin, ces heures où Rome n'existait plus. Les jours passés dans cette ferme à profiter du vent tiède, des corbeilles de fruits, du ruisseau ; ces jours sans maître, sans esclave, sans complot, sans les manigances de ce traître qui les avait tous plongés dans cette horreur.

Lucius paraissait sombre, il fixait le collier que Flavia avait autour du cou, son collier d'esclave. Elle n'en portait pas à la ferme, ni même quand il l'avait trouvée dans les décombres. Voilà ce qu'elle avait gagné en lui volant ses chevaux pour revenir à Rome : un morceau de métal qui affichait ce qu'elle était ici : un bien, au même titre qu'un meuble ou qu'une paire de sandales.

« Qu'est-ce que tu fais ici, Lucius ? demanda-t-elle enfin.

– Je reviens de chez ton maître, répondit-il sèchement. Et toi ? Que fais-tu dehors ? Tu n'as rien à faire ici. »

Flavia sentit son ventre se serrer. Lucius était si froid... Elle ne reconnut pas celui qui malmenait les bœufs juste pour la faire rire. Lui aussi maintenant semblait ne plus voir en elle qu'une servante parmi les autres. Elle hocha la tête et poussa la porte de la maison pour entrer, mais Lucius la retint.

« Attends ! Tu veux savoir pourquoi je suis venu ici, je vais te le dire, ajouta le jeune homme, soudain très nerveux. J'ai dénoncé mon oncle. »

Flavia, bouche bée, avait du mal à réaliser ce qu'elle venait d'entendre.

– Qu... qu'est-ce que tu dis, Lucius ?

– J'ai dénoncé mon oncle ! répéta-t-il d'une voix qui tremblait. Car il est bien ce qu'on dit : un traître ! Publius Horatius, le citoyen intègre, le seul homme digne d'être appelé romain ! Ce sont des mensonges, tout ça ! Mon oncle n'est qu'un traître !

– Mais... mais Lucius ! Tu n'as pas fait ça, marmonna Flavia, abasourdie. Ton oncle n'a rien fait, ce n'est pas lui qui doit être condamné...

– Bien sûr que si ! C'est un ennemi de Rome ! Et tu le sais aussi bien que moi ! J'ai tout vu, Flavia, j'étais là, moi aussi, dans cet égout ! »

La jeune fille devint soudain très pâle. Et Lucius ne put supporter de la voir plus longtemps se décomposer ainsi. Il lui tourna le dos.

« Lucius, je ne sais pas ce que tu as vu, mais tu te trompes...

– Ce que j'ai vu ? C'est mon oncle se laisser passer le trident autour du cou par le chef des assassins ! C'est mon oncle faisant tout ce qu'il pouvait pour laisser s'enfuir son complice ! Il me ment depuis le début et toi, tu me dis que je me trompe ? »

Il se retourna, et l'expression qui lui déformait le visage fit reculer Flavia.

« Et ce n'est pas le seul à s'être moqué de moi, n'est-ce pas ? Toi aussi, tu m'as menti !

– Non.

– Le complice de mon oncle, c'est ta mère, la reine Bérénice ! s'excita Lucius en l'empoignant par les épaules. C'est elle qui est allée empoisonner Titus !

– Non, Lucius !

– Tu sais ce que j'ai ressenti quand j'ai vu sur son front la même couronne de fleurs que tu avais tressée pour moi ? La même qu'on a retrouvée ce soir-là, à côté de l'empereur assassiné ?

– Arrête...

– Du dégoût ! Tu tresses les fleurs aussi bien qu'elle, mais tu es moins douée pour tuer ! Non, toi... toi qui courais partout dans le palais à ta guise, tu t'es contentée de dessiner le trident au-dessus de son lit, pour qu'il vive dans la peur jusqu'à son dernier jour ! À tous les trois, vous l'avez torturé jusqu'à la mort ! »

La gifle qu'il reçut claqua si fort que les chiens du quartier hurlèrent comme des loups. Le feu s'était rallumé dans les yeux de Flavia.

« Tais-toi ! s'écria-t-elle alors que Lucius tenait sa joue gonflée dans le creux de sa main. Ma mère détestait Rome. Mais elle n'aurait jamais fait de mal à Titus, et moi non plus ! »

Lucius s'avança lentement vers Flavia, tendit les bras et posa les mains autour de son cou.

« Tu n'es plus obligée de mentir, lui dit-il... Ce soir, j'ai perdu ma famille en dénonçant mon oncle. Mais si je l'ai fait, ce n'est pas pour laver l'honneur de l'empire, Flavia. C'est pour toi. »

Lucius serra les mains autour de son collier d'esclave et le tordit si fort qu'il se rompit. Et, sous le regard interdit de la jeune fille, il le lança le plus loin qu'il put.

« Servius a accepté de t'affranchir contre mon témoignage au procès. Tu es libre. »

Flavia ouvrit de grands yeux. Elle était libre. Libre ! Voilà qui résolvait tout. Elle ne put contenir le fou rire qui la prit tandis que Lucius, écœuré, disparaissait déjà dans le noir.

« Reviens ! Lucius, reviens ! s'exclama-t-elle en s'empressant de le rattraper. Écoute-moi ! Tu te trompes, ma mère n'a pas tué Titus, ni ton oncle, ni moi !

– Ce n'est plus la peine...

– Ton empereur, c'est mon père !

– Quoi ? »

Lucius, incrédule, avait du mal à suivre Flavia des yeux qui tournait tout autour de lui. Elle lui donnait le vertige, et lui la repoussait. Mais elle ne le laissa pas douter d'elle encore une fois. Elle fouilla dans son manteau et lui mit sous le nez le testament de l'empereur.

« C'est écrit là, Lucius ! Titus est mon père. Il m'a remis son testament juste avant de mourir et mon nom est inscrit dessus ! Ton oncle est au courant de tout ! C'est lui qui l'a rédigé ! Il me l'a dit lui-même quand je suis rentrée de la ferme, persuadée que mon père était déjà mort ! Publius a promis de garder le secret pour me protéger, et protéger les dernières volontés de mon père.

– Et pour ta mère, il savait ? demanda Lucius.

– Non. Ça, je n'ai jamais pu le raconter à personne. Tu dois me croire, ton oncle n'est coupable de rien, il ne faut pas que tu témoignes !

– Mais... Pourquoi ne m'a-t-il rien dit quand je suis allé le voir dans sa cellule ?

– Pour ne pas que tu te mettes en danger, sûrement. Si tu avais su pour ce testament, qui sait ce que tu aurais fait ? » répondit-elle.

Lucius se sentit vaciller et Flavia le retint pour ne pas qu'il tombe. Puis, elle le serra contre elle et chuchota : « Je sais qui est derrière tout ça. Je l'ai vu. Et grâce à toi, Lucius, je vais le faire condamner devant ce tribunal. »

Ils restèrent un moment dans les bras l'un de l'autre, sous la lune, dans cette rue du Palatin qui sentait bon le pin. Dire qu'il avait fallu en passer par tout ça pour qu'ils se retrouvent enfin, tous les deux. Malheureusement, tout n'était pas encore réglé.

« Flavia ?

– Oui ?

– Si je ne vais pas témoigner, Servius fera annuler notre accord et tu ne pourras pas témoigner toi non plus. »

La jeune fille sursauta. Elle n'avait pas pensé à ça. Pas du tout. Ce détail, qui allait tout gâcher, ne l'avait pas effleurée une seconde. Mais Lucius cette fois refusa de tout perdre. Il y avait bien une solution.

« Allons voir Publius ! s'exclama-t-il.

– Maintenant ? s'étonna Flavia.

– Oui ! On lui racontera tout. Il nous dira quoi faire. »

Et, sans se lâcher la main, Lucius et Flavia coururent jusqu'au forum en direction de la prison.

*

Il était impossible de réveiller le gardien à cette heure. Et même s'ils l'avaient fait, il ne les aurait pas laissés entrer. Ils contournèrent donc le bâtiment et s'agenouillèrent devant le soupirail par lequel Publius recevait du dehors les menaces de la foule et quelques rares rayons de lumière.

Lucius l'appela. Pas de réponse. Il appela encore. Rien. Le jeune homme s'épuisa à répéter le nom de son oncle, à frapper contre le fer ajouré du soupirail jusqu'à ce qu'il lui réponde enfin.

« Lucius ?

– Oui ! C'est moi ! Je suis avec Flavia...

– Mais qu'est-ce que tu fais à quatre pattes dans la rue ? Ton ami le préfet ne t'a pas donné de laissez-passer aujourd'hui ? Tu ne viens pas pour dîner avec mon voisin, j'espère ? Parce que c'est un peu tard ! »

Même à travers un mur épais comme celui de la prison, les ricanements de Publius réussirent à irriter Lucius. Sans y prêter attention, ils lui racontèrent tout, à tour de rôle. Et quand Flavia révéla le nom de celui qu'elle avait vu entrer dans la chambre de son père, Publius resta un long moment silencieux.

« Pardonne-moi d'avoir douté de toi, s'excusa Lucius. C'est moi qui t'ai trahi.

– Mais non, espèce d'âne ! répondit l'enquêteur. C'était la meilleure chose à faire ! Si tu ne m'avais pas dénoncé, Flavia serait encore entre les griffes de cet imbécile de Servius et ne pourrait rien dire ! Vous irez témoigner tous les deux, je m'occupe du reste.

– Est-ce qu'ils vont la croire ? s'inquiéta Lucius.

– C'est la fille de l'empereur, Lucius !

– Oui, mais pour le prouver, le testament devra être ouvert, et s'il est ouvert en dehors du Sénat, il sera annulé et Flavia perdra tout.

– Nous n'aurons peut-être pas besoin de l'ouvrir, Lucius.

– Ça m'est égal ! intervint Flavia. Tout ce que je veux, c'est que ce traître paie pour le mal qu'il a fait. Le reste ne compte pas.

– Ne vous en faites pas. Tenez-vous prêts. Ce sera pour demain ou après-demain au plus tard, et lorsqu'on y sera, restez calmes surtout, ne laissez pas la colère vous envahir ou vous vous retrouverez tous les deux avec moi, de ce côté du mur ! »

13

Encore la peste

On laissa croupir Publius une journée de plus et la nuit qui suivit au fond son cachot. Le tribunal prenait son temps ; il lui faisait payer son impertinence. Et pour être bien sûr que l'accusé utiliserait à bon escient cette nuit supplémentaire que la chancellerie lui offrait de bon cœur, on ne lésina pas sur les moyens. Sur ordre de Servius Plotius, on le fit descendre au fond du trou où la place était libre depuis qu'on en avait ôté le cadavre de Varus. L'odeur y était insoutenable mais le pire, c'était l'eau. L'eau glacée et putride dans laquelle Publius pataugeait et qui l'obligeait à se tenir debout. L'eau, corrompue par la fiente des rats et la décomposition des corps qui s'y étaient entassés.

Durant ces longues heures, le garde guettait le moment où commenceraient les plaintes et les gémissements qui dureraient jusqu'au matin. C'était toujours comme ça. Ça débutait doucement, timidement presque, et ça s'intensifiait jusqu'à ce que l'espoir des prisonniers du bas disparaisse. Le garde y était habitué, ça ne le dérangeait plus, ça le berçait même. Mais le pauvre homme, cette nuit-là, n'eut pas droit à sa berceuse. Au lieu de plaintes, le prisonnier, malgré l'abjecte décision du préfet du prétoire, le malmena toute la nuit à coups de grands éclats de rire. Et l'enquêteur, hilare comme jamais, répétait à tue-tête :

« Ha, ha, ha ! Mais quelle tête de courge ! Mais quelle tête de courge ! »

Le lendemain matin, la garde prétorienne escorta Publius pour la dernière fois. Il le savait, aujourd'hui, ce serait le dernier jour de son procès, quoi qu'il arrive. Entouré par les soldats, il s'avança vers le bureau où se tenait son tribunal. Cette fois-là, personne ne l'attendait sur le seuil pour faire sa toilette. Quintus Æmilius n'avait pas prévu de le condamner dans une tenue propre. Mais sur le visage de l'enquêteur, creusé par les heures sombres au fond de son trou sale, s'affichait déjà un petit rictus insolent.

Publius entra donc dans le bureau où le juge et ses conseillers, pressés d'en finir, se demandaient déjà à quelle heure programmer son exécution. Servius Plotius trépignait d'impatience. Il avait hâte de faire comparaître son témoin.

« Tu as passé une bonne nuit, Publius ? demanda le préfet.

– Oh, tu sais comment sont les auberges de nos jours... mais j'ai connu pire », répondit-il en s'asseyant à sa place.

– Puisque tout le monde est là, nous allons commencer, déclara Quintus Æmilius. Servius a fait inscrire un témoin. En auras-tu un, Publius ?

– Je pense que oui », répondit-il nonchalamment.

Les conseillers haussèrent les sourcils et l'un deux ajouta :

« Nous entendrons d'abord le témoin de Servius, puisqu'il est déjà là. »

Le préfet du prétoire était tellement surexcité que lorsqu'on fit appeler Lucius, ses yeux lui sortirent presque des orbites.

Le jeune homme, en entrant, osa à peine le regarder. Tête basse, il attendit qu'on lui indique sa place, traversa la pièce et s'installa, résigné à faire ce pour quoi on l'avait appelé. Ni le juge ni ses conseillers ne s'émurent de cette situation inédite. À quoi bon, après tout ? Si le neveu dénonçait l'oncle, c'est que sa culpabilité était déjà démontrée. L'affaire était bouclée. On aurait un bel égorgement juste avant de manger.

Servius Plotius s'empressa de prendre la parole :

« Bien ! Commençons. Mon brave Lucius, est-ce que tu veux bien confirmer devant ce tribunal que tu étais avec l'accusé dans le grand cloaque le soir de son arrestation ?

– Oui, répondit le jeune homme.

– Et qu'y faisiez-vous ?

– On venait de démasquer les porteurs de trident. Ils étaient tous réunis dans l'égout. Ils projetaient de décapiter Rome.

– De décapiter Rome ? s'écria le préfet, faussement surpris.

– De tuer l'empereur, si tu préfères. »

Servius Plotius ricana : « Ah non ! Je ne préfère pas, mais c'est pourtant bien ce qui s'est passé ! »

Le pauvre Lucius suait à grosses gouttes et paraissait pressé que son calvaire prenne fin. Le préfet faisait tout pour faire durer le plaisir. Mais ça n'amusait que lui.

« On connaît cela ! s'irrita Quintus Æmilius. Est-ce que ce tribunal va entendre quelque chose qu'il ne sait pas déjà ?

– Je l'espère, oui ! répondit sournoisement Servius Plotius. Eh bien, Lucius, explique-nous ce que tu as vu dans le fond de l'égout alors que les soldats de Rome risquaient leur vie autour de vous... »

Publius, qui regardait dehors, se tourna soudain vers la table des juges. Toute la petite assemblée était suspendue aux lèvres du jeune homme.

« Lucius ? Allons, parle ! le pressa Quintus Æmilius.

– J'ai vu...

– Répète ici ce que tu m'as dit ! » insista Servius Plotius. Et le jeune homme céda :

« J'ai vu mon oncle dans les bras du chef des conspirateurs. Je l'ai vu le laisser s'enfuir après s'être fait passer le trident autour du cou.

– Oui, Lucius ! s'excitait le préfet. Grâce à toi, l'accusé va retrouver la mémoire ! Dis-nous, maintenant ! Dis-nous qui est le chef de ce complot ! Le complice de ce traître assis là devant toi ! L'assassin de notre empereur !

– Dis-nous qui est cet homme ! hurla l'un des conseillers.

– Ce n'est pas un homme, répondit Lucius. Ce chef était en robe et portait dans les cheveux une couronne de fleurs...

– Qui est-ce, par Hercule ? hurla Servius Plotius.

– La reine Bérénice. »

Le tribunal plongea soudain dans un profond silence. Le juge, entre ses conseillers, fixait Publius comme un rapace prêt à fondre sur une proie enfin sortie de son terrier. Et le préfet du prétoire, enivré par son triomphe, acheva sa plaidoirie :

« Ainsi donc, tout est clair, juges ! Vous avez bien entendu ! Les traîtres sont démasqués ! La reine Bérénice est de retour à Rome ! Pendant tout le temps qu'a duré son absence, elle a manigancé, dans l'ombre, sa vengeance abominable : détruire l'empire ! Elle a rassemblé partout ses troupes, distillant dans leur cœur la haine de Rome. Et quand il lui a fallu un allié, elle est allée trouver Publius Horatius qui, plein d'amertume envers sa patrie, s'était fait discret en se terrant loin de la ville ! C'est ensemble, juges, qu'ils ont tout planifié ! Et pour notre malheur, leur conspiration a atteint son but funeste : pendant que Publius occupait nos courageux soldats, Bérénice, la perfide reine de Judée, est allée elle-même empoisonner Titus, abandonnant dans sa chambre sa couronne ridicule ! Ces deux-là sont les pires ennemis que le peuple de Rome ait eu à affronter ! C'est terminé, Publius ! C'en est fini de toi ! Même ta complice t'a abandonné. Mais ne t'en fais pas, nous la retrouverons vite et vous subirez le même sort tous les deux : la mort. »

Lucius tressaillit en entendant la conclusion du préfet du prétoire qui avait pris soin d'accompagner ces derniers mots d'un claquement de poing sur le bureau des juges. Quintus Æmilius soupira et s'efforça d'obtenir du jeune homme le moindre détail qui pouvait encore accabler l'accusé.

« Sais-tu si Publius a essayé de reprendre contact avec Bérénice après son arrestation ?

– Il m'a envoyé à la recherche d'une certaine Hérodias dans toute la ville, répondit Lucius. Mais j'ai vite compris que cette Hérodias, c'était elle.

– L'as-tu trouvée ?

– Je ne l'ai jamais cherchée. »

Lucius, désolé, se tourna vers son oncle qui, d'un mouvement de tête, lui fit comprendre qu'il ne lui en voulait pas. Servius Plotius estima que le moment était parfait pour enfoncer le clou.

« Regarde, Publius ! s'exclama le préfet du prétoire. Regarde le chagrin de ton neveu, déchiré par la honte d'avoir été trahi et par le dégoût qu'il s'inspire lui-même de t'avoir dénoncé ! Même lui, tu ne l'auras pas épargné ! Tu n'as pas hésité à le mêler à ton crime en l'envoyant prévenir la garde pour qu'elle déserte le palais ! Ne t'en fais pas Lucius, Rome ne t'en veut pas. Tout est clair à présent, il n'y a qu'un seul coupable et il est temps qu'il paie ! »

Quintus Æmilius dévisagea l'accusé et lui renvoyant son sourire insolent.

« Pour les services que tu as rendus par le passé, dit-il, tu seras étranglé plutôt que crucifié. Ce sera bref. Gardes ! Saisissez-le ! »

La porte du tribunal s'ouvrit et les soldats entrèrent. Mais au moment où l'un d'eux s'apprêtait à attraper Publius par le bras, Lucius se leva et prit la parole.

« Tout n'est pas si clair, en vérité, Servius. Ce n'est pas moi qui ai prévenu la garde.

– Quoi ? Mais qu'est-ce que tu racontes, Lucius ? Tu divagues...

– Non, pas du tout. Mon oncle m'a demandé de le faire, mais je n'en ai pas eu le temps. En montant au palais, j'ai croisé les cohortes qui se ruaient au pas de course dans l'autre sens. C'est quelqu'un d'autre qui les a prévenues.

– Mais qui ça ? demanda l'un des conseillers, sidéré.

– Quelqu'un qui savait aussi ce qui se passait dans l'égout », répondit Lucius.

Le juge pâlit et Servius Plotius, rouge de colère, grinça si fort des dents qu'il donna l'impression de se dévorer lui-même.

« Ça ne change absolument rien ! hurla-t-il.

– Au contraire, Servius, ça change beaucoup de choses, répondit le conseiller. On n'y comprend plus rien ! »

Soudain, le rire de Publius les épouvanta tous. L'enquêteur à son tour s'était levé, et dans sa toge sale, il toisait cette assemblée qui avait voulu se débarrasser de lui trop vite.

« Ha, ha, ha ! Alors, permettez-moi, juges, de vous aider un peu à éclaircir les choses ! Que Servius retienne ses soldats et le tribunal saura tout ! »

Les conseillers n'attendirent pas l'autorisation du préfet du prétoire ni celle du juge pour ordonner aux soldats de reculer jusqu'à la porte. C'était à eux, maintenant, de mener l'interrogatoire.

« Dépêche-toi, Publius ! Dis ce que tu sais ! Mais si tu te moques encore de nous, le tribunal ne se contentera pas de te faire étrangler...

– Ce n'est pas moi que vous ferez étrangler aujourd'hui », répondit l'enquêteur.

Le ton sur lequel Publius venait de s'adresser aux conseillers était grave et sérieux. La nonchalance qu'il affichait depuis le début de son procès s'était volatilisée.

« Servius n'a pas tout à fait tort, poursuivit-il. J'ai laissé partir Bérénice et je veux bien être jugé pour ça. Et s'il y a crime, qu'on m'étrangle. Mais ce n'est pas l'objet de ce procès. On nous accuse tous les deux d'avoir tué Titus ; ça n'a aucun sens. Je n'ai jamais été son complice et ni elle ni moi n'avons cherché à empoisonner qui que ce soit.

– Et qui a tué Titus, alors ? demanda le préfet du prétoire. Un voleur ? Ou c'est Jupiter, peut-être, qui l'a rappelé à lui ?

– Personne.

– Qu'est-ce que tu dis ?

– Tu m'as bien entendu, tête de courge. Personne n'a tué l'empereur. Titus est mort malade. C'est la peste et non le poison qui l'a envoyé dans l'Hadès. Je suis ici, devant vous, accusé pour un crime que personne n'a commis. Ce procès n'a aucun sens.

– C'est ridicule ! Tu es le pire des lâches ! gronda Servius Plotius. J'étais là quand on a retrouvé son corps ! Et Quintus y était ! Ce que nous avons vu tous les deux, ce n'était pas une chambre ! C'était un champ de bataille ! Titus a tenté d'échapper à ta reine, mais elle l'a empoisonné !

– Ça, c'est ce que tu as vu, pas ce qui s'est passé… »

Publius tira de sa poche un épais rouleau de papyrus sale et abîmé, mais parfaitement lisible encore ; il le tendit au préfet du prétoire sous le regard de son neveu qui recommençait à sourire.

« Tiens, lis et dis-nous ce que c'est. »

Servius Plotius jeta un œil à ce document sans y toucher et se mit à trembler nerveusement.

« Tu sais lire ? Non ? Je vais le faire, alors. Ce que j'ai dans la main, juges, c'est le rapport de Varus, le médecin de l'empereur. Il y consignait jour après jour les observations qu'il faisait en auscultant Titus. Et sa dernière note date du jour où l'on m'a arrêté. Écoutez : *Vu César à l'aube : rate énorme, langue blanche, saignements, délires. L'empereur est mourant, il vit ses dernières heures. Il ne verra pas le soir. La peste l'emporte.*

– Montre-nous ça ! » ordonna l'un des conseillers.

Publius s'empressa de poser le rouleau sous le nez de Quintus Æmilius qui le jeta à celui qui l'avait demandé sans même le regarder.

« Le document est-il vrai ? demanda Publius.

– Oui, répondit le conseiller abasourdi, c'est bien le sceau de Varus.

– Ce que Servius a pris pour les marques du poison, c'était celles de la peste que Titus a contractée en allant porter secours aux malades. La preuve est devant vous.

– Où as-tu trouvé ça ? demanda Quintus Æmilius, dérouté que son procès lui échappe.

– Je n'ai pas eu à chercher bien longtemps ! Il était sur son cadavre que tu as fait retirer de ma cellule, Quintus. Heureusement, j'étais passé le voir au fond de son trou, juste avant que Servius et toi ne veniez me rendre visite l'autre nuit ! Pauvre Varus, c'était le seul à savoir que l'empereur était malade et Titus l'a fait jeter là pour ne pas qu'il parle. Parce qu'il savait que les vautours se disputeraient son cadavre avant sa mort si la nouvelle se répandait ! La preuve est faite, juges, ni moi ni la reine de Judée n'avons tué Titus. »

Le tribunal était assommé. Les conseillers, subjugués par cette démonstration, cherchaient le regard de Quintus Æmilius qui suait à grosses gouttes. Alors que tout le monde restait muet, Servius Plotius sortit brusquement de ses gonds :

« Que l'empereur soit mort de la peste ne prouve pas que tu n'as pas comploté contre lui ! Toi et ta reine, vous êtes toujours des traîtres et la sanction sera la même !

– Je m'attendais un peu à cette remarque de ta part, Servius. Mais tu as raison, il y a bien eu un complot et quelqu'un pour le diriger, quelqu'un qui a aussi maquillé la mort de Titus en meurtre. Et puisque tu tiens à ce que ce procès continue, je vous demande de bien vouloir faire entrer mon témoin qui doit attendre devant la porte.

– Ton témoin ? s'indigna Quintus Æmilius. Fais bien attention, Publius. Rappelle-toi que ce tribunal n'acceptera pas que tu te moques de lui !

– Calme-toi, Quintus. Ce témoignage est très sérieux, la personne que j'attends est un membre de la famille impériale. »

L'enquêteur laissa un moment ce qu'il venait de dire résonner dans le bureau, regardant l'un après l'autre chacun de ceux qui avaient espéré le voir étranglé, ou pire, avant le soir. Lucius, lui, trépignait d'impatience à l'idée qu'enfin ce témoin les rejoigne.

« Personne ne s'y oppose ? demanda Publius qui n'avait toujours pas reçu de réponse.

– N... Non, bien sûr », balbutia un conseiller.

Alors, Servius Plotius, excédé, devança ses gardes et s'empressa d'aller lui-même ouvrir les portes. C'est lui qui le premier aperçut la silhouette qui se tenait sur le seuil ; et il fut le premier à qui cette vision donna le vertige.

14

Le testament de l'empereur

Flavia, méconnaissable, fit alors son entrée et les gardes sortirent en tirant à nouveau les portes. Son allure était pleine de noblesse. Sa longue robe qui lui couvrait les pieds lui donnait l'air de voler. Son visage baissé était encore caché et sa tête était couverte d'un léger voile de soie fine. Le bureau se remplit soudain d'un parfum de fleurs fraîches qui leur arracha à tous un sursaut fasciné. Le témoin de Publius releva alors la tête et abaissa son voile. Et le feu de ses yeux noirs, ravivé par un long trait de khôl, redonna des sueurs à ces Romains, comme la reine Bérénice leur en avait donné autrefois. Les conseillers se recroquevillèrent derrière leur table. Le juge mordait ses mains bandées. Et Servius Plotius regardait, les yeux exorbités, la servante que sa femme maltraitait à coups d'aiguilles, l'esclave qu'il avait affranchie en échange d'un témoignage qui n'avait toujours pas envoyé l'accusé aux Enfers.

La jeune princesse, furtivement, sourit à Lucius et salua Publius. Et presque aussitôt, en s'approchant des juges, son visage dévoila une envie de vengeance trop longtemps contenue.

« Comme je vous l'ai déjà dit, poursuivit Publius en donnant le bras à Flavia, jamais Bérénice n'aurait tenté d'assassiner l'empereur. Elle l'aimait beaucoup trop. Le soir où elle a pris la fuite, c'était bien dans l'intention de se rendre au palais, pas pour l'empoisonner, mais pour le convaincre de s'enfuir avec elle ! Eh oui, juges ! Titus et Bérénice se sont aimés longtemps loin de Rome et voici leur enfant ! »

Enfin, Flavia avait son heure. Enfin, elle allait arrêter de mentir. Pleine de dignité, elle posa les mains sur la table des juges et lâcha enfin sur eux ce qu'on avait voulu, pour des raisons minables, qu'elle garde pour elle.

« Je suis Flavia Crispina, fille de Titus Flavius Vespasianus, auguste empereur de Rome dont je porte le nom, et de Julia Bérénice, reine de Judée ! Contrainte par vous, Romains, à vivre cachée tout ce temps dans l'habit d'une servante pour pouvoir rester auprès de mon père sans éveiller les soupçons ! Privée de sa mère, forcée de la revoir la nuit, dans des caches sordides ! Parce que vous, Romains, leur avez refusé la vie qu'ils voulaient vivre ! Hier encore, j'étais la servante de votre préfet du prétoire, mais mon père toute sa vie a été votre esclave ! »

Lucius ne se lassait pas de regarder Flavia. Il se sentait bouleversé. Celle qu'il avait secourue, enlevée et soignée, cette fille dont il était tombé amoureux à l'instant où elle avait renversé sur lui cet infâme ragoût, était une princesse, une princesse de Rome et d'Orient à la fois ! Personne ne pouvait plus le nier maintenant. Plus personne ne pouvait la contraindre à le taire. Les conseillers eux-mêmes, dès qu'ils l'entendirent parler, admirent aussitôt que cette jeune fille avait du sang flavien dans les veines.

Servius Plotius en perdit ses moyens et s'affala sur sa chaise comme un bœuf sacrifié sur l'autel d'un temple. Il respectait trop Rome pour ne pas se sentir piteux d'avoir maltraité quelqu'un que l'empereur avait cherché à protéger. Publius le savait et se réjouit de l'accabler.

« Par Jupiter, Servius, quand même ! Comment as-tu fait pour ne pas t'en apercevoir ! Elle était juste sous tes yeux à te laver les pieds, tous les matins ! C'est à croire que tu l'as fait exprès ! Après tout, peut-être que tu savais qui était vraiment celle qui raclait ta crasse ? Celle que tu as échangée comme une tête de bétail contre le témoignage de mon neveu ! Rassure-toi,

Servius ! En voulant me faire condamner, tu l'as sauvée ! Et moi avec elle, car c'est mon seul témoin ! Et ce n'est pas la seule fois dans cette affaire où tu me sauves la vie malgré toi, tête de courge ! »

Le juge, silencieux jusque-là, se mit à ricaner :

« Ha, ha, ha ! Publius ! Crois-tu vraiment que ce tribunal va se contenter de cette mise en scène ? Tu as perdu la tête ! Que cherches-tu à faire avec cette esclave ? Lui donner l'empire ? Servius, réveille-toi ! Appelle tes gardes et emmène-les tous les deux ! »

L'enquêteur dut retenir Flavia pour ne pas qu'elle se jette sur le juge.

« Oh, non, Quintus ! répondit-il. Ce n'est pas parce que c'est la fille de l'empereur que je l'ai fait venir. C'est pour qu'elle dise au tribunal qui a déguisé la mort de Titus en meurtre, qui est responsable de tout ce cirque, qui depuis le début est le chef du complot des porteurs de trident ! Ce n'était pas Bérénice, juges, c'était quelqu'un d'autre. Quelqu'un d'assez rusé pour se servir de la rancœur qu'elle nourrissait pour Rome pour en faire son pantin, sa poupée de chiffon derrière laquelle il se cachait. Quelqu'un d'assez puissant pour faire entrer la peste à Rome, y mettre le feu et placer l'un de ses meurtriers dans l'arène ! Un Romain, juges ! Un Romain, et ce chef…

– C'est lui ! » hurla Flavia, le bras tendu, pointant du doigt Quintus Æmilius. Et le visage du magistrat se décomposa.

« Comment… comment oses-tu, Publius ? baragouina-t-il.

– Bien sûr que c'est toi, mon vieil ami ! »

Et là-dessus, Flavia se jeta sur lui, assommant au passage l'un des deux conseillers.

« Non, Flavia ! hurla Publius. Pas encore ! »

La jeune fille n'entendait plus rien. Elle attrapa Quintus Æmilius par les cheveux et, de toutes ses forces, elle lui écrasa le front contre la table. Elle tenait enfin le responsable de la mort de son père et n'avait pas l'intention de le lâcher. Mais Servius Plotius l'y força en donnant l'alerte :

« Gardes ! Gardes ! Aux armes ! »

Les quatre soldats déboulèrent au milieu de la petite assemblée, le glaive à la main.

« Saisissez-les ! » rugit le préfet du prétoire

Le premier s'empara de Publius. Il en fallut deux autres pour contenir Flavia. Mais le quatrième, lui, reçut un coup de coude en plein dans la mâchoire qui l'assomma sitôt qu'il entra dans la salle. Lucius avait bondi, déterminé à ne laisser personne gâcher l'heureux dénouement qu'il espérait à toute cette histoire. Le jeune homme ramassa l'arme du soldat étendu par terre, renversa la table des juges, saisit Quintus Æmilius et appuya la pointe acérée du glaive contre sa gorge.

« Ne bougez plus ! hurla-t-il. Ou Quintus sera le premier d'entre nous à rencontrer Pluton ! » Lucius avait l'œil fou. Il ne plaisantait pas. Il haletait. Et sa lame s'enfonçait légèrement dans le cou du magistrat qui gémissait.

« Calme-toi, Lucius, intervint l'enquêteur, qui sentait que tout pouvait à nouveau déraper. Reste en dehors de ça.

– Oh, non, sûrement pas ! répondit-il. Depuis le début, je suis en dehors de tout ! Il y a eu trop de secrets, c'est l'heure de tout dire !

– Petit imbécile..., marmonna Servius Plotius entre ses dents. Tu finiras exécuté comme ton oncle.

– Tais-toi, tête de courge ! lui renvoya Lucius. Laisse-les s'expliquer ou je l'égorge. »

Publius s'empêcha de sourire. Mais l'enquêteur se dit quand même que s'ils sortaient tous vivants de ce bureau, il ne manquerait pas de féliciter son neveu pour sa réplique. Ce n'était pas le moment. Les conseillers, tapis dans un coin du bureau, étaient terrorisés et priaient tous les dieux de leur venir en aide. Les soldats attendaient un ordre, n'importe lequel, mais un ordre, vite, avant qu'ils se décident seuls et commettent dans Rome un nouveau bain de sang. Alors, l'enquêteur se risqua à parler.

« Servius, tu n'es pas de ceux qui laissent les coupables respirer le même air que toi, n'est-ce pas ? Alors, ferme les portes et laisse-moi te dire qui est cet homme que tu crois connaître. Ensuite, si tu le souhaites encore, tes soldats pourront faire de nous ce qu'ils veulent.

– Laisse-le faire, Servius ! » implora un conseiller.

L'œil du préfet du prétoire brilla. Il fit ce que Publius lui demanda et revint près de lui.

« Parle. Et dépêche-toi, dit-il.

– Cet homme, Servius, poursuivit l'enquêteur, c'est la peste et le poison réunis. Dès le début du règne de Titus, il a cherché le moyen de le renverser. Le jour où le Vésuve s'est embrasé, il a compris à quel point Titus en avait été affecté. L'empereur, à peine sacré, était déjà affaibli. Alors, Quintus a créé de toutes pièces son armée clandestine, ses porteurs de trident, pour l'affaiblir encore plus. Il a rassemblé les peuples de la mer, les insurgés de chaque province côtière, et leur a donné un chef, Bérénice, qu'il est allé chercher. Il a promis à la reine de lui rendre la Judée si elle l'aidait à s'emparer de Rome. Elle lui a demandé d'épargner Titus et de faire en sorte qu'il reparte avec elle et Flavia, leur fille. Son armée avait un chef, il lui a donné un symbole : le trident de Neptune, le dieu des mers ! Et la mission de frapper Rome par tous les moyens ! Ils ont lancé leurs fléaux : la maladie, le feu, le fer, la terreur ! Pourquoi ? Pas pour que les provinces soient libres, non ! Le complot du trident, Servius, c'était du vent ! Quintus a menti à Bérénice, il a menti à son armée. Tout ce qu'il voulait, c'était semer le chaos et sur son champ de ruines s'emparer du pouvoir en usurpant le trône ! Jamais il n'aurait épargné Titus, ni aucun autre Flavien ! Ce que voulait Quintus Æmilius, c'était que les Æmiliens retrouvent leur grandeur et règnent sur l'empire !

– C'est faux ! brailla Quintus Æmilius avant que Lucius n'appuie un peu plus fort sur la pointe de son glaive.

– Allons, Quintus, tu me l'as dit toi-même : tu es le dernier représentant de ton illustre famille. C'est une nouvelle dynastie que tu voulais fonder ! Pour que le nom Æmilius ne tombe pas dans l'oubli ! Bérénice et les autres, tu n'en as jamais tenu compte. Ce soir-là dans l'égout, c'est toi qui as prévenu la garde avant Lucius ! Pour te débarrasser de la reine et des membres de ton complot par la même occasion ! Et pendant que les soldats étaient occupés, pendant que toi, Servius, tu avais regagné la chancellerie pour y coordonner le départ des nouvelles cohortes, Quintus pouvait tranquillement arpenter le palais vide, se rendre dans la chambre de l'empereur et l'assassiner dans son sommeil sans qu'il n'y ait aucun témoin ! Mais quand il y est entré, Titus était déjà mort de la peste...

– C'est ridicule ! gémit le juge. Servius ! Donne l'ordre à tes soldats de les exécuter ! Tu ne vois pas qu'il se moque encore de nous !

– Quelqu'un t'a vu dans la chambre, Quintus », répondit Publius.

Flavia se débattit pour échapper à ses gardes, mais les soldats parvinrent péniblement à la contenir.

« Je l'ai vu ! hurla-t-elle aux oreilles du préfet du prétoire. J'étais au chevet de mon père quand ce chien est entré, un poignard à la main. Oui, il a voulu l'assassiner ! Mais Publius a dit vrai, mon père est mort malade et j'étais dans ses bras. J'étais cachée derrière un coffre quand ce traître s'est approché du lit. Et d'où j'étais, je l'ai vu regarder le corps sans vie de son empereur. Il a pris tout son temps. Il a ri aux éclats ! Je l'entends encore... Il n'avait même plus à se salir les mains... Il riait, riait et répétait : “Si j'avais su... Si j'avais su...”, en traversant la chambre de long en large. Il a fini par s'asseoir à la table de Titus, il a fouillé partout, mais il n'a rien trouvé et, tout à coup, il est devenu fou. Il a tout renversé ; sur la table d'abord et dans toute la pièce. Il a jeté par terre les candélabres, les statues, les meubles, les coupes, tout ce qu'il a trouvé. Et moi, moi qui venais d'accompagner mon père jusqu'à son dernier souffle, je regardais ce chien, sans pouvoir bouger, saccager sa maison. Mais ça n'a pas suffi à le calmer. Il est retourné près de son empereur et lui aussi, il l'a jeté par terre.

– La suite, ajouta Publius, même toi tu peux la deviner, Servius. Il t'a rejoint à la chancellerie, t'a demandé des comptes sur ce qui s'était passé dans l'égout et, ensemble, vous avez décidé d'en avertir l'empereur. Quand vous êtes entrés dans sa chambre, vous avez tous les deux pu conclure à son assassinat. Toi, tu ne savais pas qu'il en revenait tout juste ! »

Le préfet du prétoire affichait un calme inquiétant. Il se déplaçait dans la salle du tribunal, les mains dans le dos, admettant silencieusement que quelqu'un dans cette pièce le prenait pour un idiot. Du bout du pied, il balaya les pétales qui s'étaient arrachés de la couronne de Flavia.

« Et ça ? demanda-t-il, en affichant un rictus qui lui tordait la bouche.

– Quoi, ça ?

– La couronne de fleurs qu'on a retrouvée dans la chambre ?

– C'était la mienne », répondit Flavia.

Quintus Æmilius tenta d'échapper à l'étreinte de Lucius, mais le jeune homme, vigilant, lui fit saigner le cou. Alors le juge, démuni, essaya encore une fois de convaincre le préfet du prétoire de se ranger de son côté.

« Tu ne vas pas croire les mensonges de ce serpent et de cette affranchie qui se fait passer pour une bâtarde de Titus ! Servius ! Tu te laisses tromper sans aucune preuve ! Cette farce est finie ! Donne l'ordre à tes soldats d'en tuer un des deux !

– Pas encore ! intervint Publius. Est-ce que tu aimes les coquillages, Quintus ?

– Quoi ?

– Lucius ! Arrache-lui ses bandes ! ordonna l'enquêteur. Ta preuve, Servius, la voici ! »

Lucius, tout en laissant son glaive où il était, enleva d'une main les bandes qui recouvraient les avant-bras du juge ; et à la vue de tous apparurent ses membres maculés de taches pourpres.

« Ce sont de drôles de blessures que tu as là, Quintus ! s'exclama Publius. Conseillers ! Venez par ici, et dites-nous ce que c'est. »

Les deux petits hommes apeurés sortirent de leur coin, jetèrent discrètement un œil aux mains du juge et comprirent aussitôt que ni Publius ni Flavia n'avaient menti.

« On... on dirait...

– Qu'est-ce que c'est ? gronda Servius Plotius.

– De l'encre impériale... Ses bras sont couverts d'encre de murex ! constata l'un des conseillers.

– Exactement ! renchérit Publius. Et les taches ne sont pas fraîches. Tu n'as pas eu de chance, Quintus ! Seul Titus utilise cette encre sur le bureau que tu as renversé. Elle ne peut donc venir que de la chambre de l'empereur. Tu y es donc entré alors qu'il refusait les visites. Pauvre de toi ! C'est un coquillage pourri au soleil qui te condamne ! »

Servius Plotius s'avança vers le juge épouvanté pour voir de plus près les marques de ses bras.

« Pourquoi, Quintus ? Pourquoi, en plus de tous tes crimes, as-tu décidé de maquiller cette mort en meurtre ? Hein, traître ? Tu avais ce que tu voulais... Tu n'étais pas obligé de venir me trouver et de me faire passer pour un imbécile aux yeux de tous.

– S'il a fait ça, Servius, c'est parce qu'un empereur mort malade ne lui rapportait rien. Il lui fallait un bel assassinat pour édifier le peuple, la chancellerie et le Sénat. Pour que lui, préfet de la ville, premier d'entre les magistrats, punisse le coupable et s'impose comme l'homme qui éviterait que Rome tombe dans l'anarchie. Quintus aurait sauvé l'empire après l'avoir détruit !

– Sale petite fouine, grogna le juge.

– Oui ! Et tu as bien failli m'avoir ! N'importe quel esclave avec un trident autour du cou t'aurait suffi pour faire un bon meurtrier, mais c'est moi que Servius t'a apporté sur un plateau ! Quelle aubaine ! Tu as dû être content ! L'enquêteur meurtrier ! C'est un spectacle digne de celui que tu voulais assassiner, Quintus !

– Et Domitien ? demanda soudain Servius Plotius. Avec ou sans meurtre, il reste encore un Flavien pour prétendre à l'empire.

– Deux ! s'écria Flavia, et Publius lui fit signe de ne pas en rajouter.

– Il l'aurait fait assassiner dès la fin du procès dans sa villa d'Albe, ajouta l'enquêteur. Et toi avec, si tu t'opposais à lui. Allons, Servius, fais ton devoir et ordonne à tes gardes d'arrêter le chef du complot des porteurs de trident ! »

Le préfet du prétoire était nerveux. C'était l'honneur de Rome qui dépendait de lui. Il ne voulait plus se laisser berner par personne. Et il n'accorderait rien à Publius sans être sûr de comprendre chaque petit détail.

« Dis-moi d'abord ce qu'il cherchait dans la chambre de Titus, exigea-t-il.

– Ce qu'il cherchait ? répéta Publius.

– Oui. C'est ce que je te demande, insista Servius Plotius. Que cherchait Quintus, et qu'il n'a pas trouvé ? Cette chose qui l'a poussé à dévaster la chambre et à se renverser cette encre sur les mains, qu'est-ce que c'était ? »

Lucius se crispa. Publius resta silencieux. Les conseillers, les soldats, le tribunal tout entier attendaient sa réponse pour mettre un point final à cette affaire. Mais rien ne se passait. C'est alors que Flavia profita de la stupeur qui régnait pour se défaire de la garde. Lucius, comprenant ce qu'elle s'apprêtait à faire, essaya de l'en empêcher.

« Non, Flavia ! »

Mais la jeune fille, déterminée, passa la main sous le pan de sa robe et dévoila au préfet du prétoire le rouleau de papyrus que lui avait confié son père.

« Ça ! dit-elle. Voilà ce qu'il cherchait. »

Les conseillers ouvrirent si grand la bouche que la cuisse de Jupiter aurait pu y passer.

« C'est le testament de l'empereur ! s'exclama l'un des deux tandis que l'autre s'emparait du document.

Quintus Æmilius fut tant secoué par la vue de ce document qu'il manqua s'empaler sur la lame de Lucius.

« Oui, ajouta Publius, c'est le testament de Titus. Si Quintus le voulait, c'est parce qu'il savait que l'empereur ne portait plus son frère dans son cœur et qu'il avait peut-être désigné quelqu'un d'autre à sa place.

– Impossible ! s'exclama le préfet du prétoire.

– Peut-être, répondit Publius. Mais dans le doute, Quintus devait mettre la main sur ce testament et le détruire avant que le Sénat ne le trouve. Car sinon, il aurait offert l'empire à quelqu'un qu'il n'aurait pas eu le temps de tuer ! »

Servius Plotius bouscula les conseillers et arracha le testament des mains de celui qui le tenait.

« Eh bien, voyons un peu qui est l'heureux élu ! » s'exclama-t-il.

Lucius serrait les dents et Flavia, qui risquait pourtant de tout perdre, ne quittait pas des yeux Quintus Æmilius qui se décomposait plus les minutes passaient. Ce serait les derniers instants, ici dans ce bureau, une lame presque enfoncée dans la gorge, que passerait le juge à respirer l'air du dehors. Son crime allait être puni, c'est tout ce qui comptait.

« Attends, Servius ! intervint Publius. Tu sais ce que ça signifie, si tu ouvres ce testament ici ! Je peux te dire ce qu'il contient, c'est moi qui l'ai rédigé pour l'empereur. »

Le préfet du prétoire ricana et, d'un coup sec, décacheta le rouleau. Il lut. Et quand il eut fini, sa silhouette rabougrie s'anima sous les secousses. Il riait. Il riait fort.

« Ha, ha, ha ! Je comprends mieux pourquoi tu ne voulais pas qu'on l'ouvre, Publius ! Qu'est-ce qui lui a pris, hein ? C'est la peste qui lui a fait perdre la tête ?

– Qu'est-ce qui se passe, Servius ? demanda l'un des conseillers. Pourquoi ris-tu ?

– Parce qu'il est écrit que Titus léguerait la Judée à sa fille, Flavia Crispina ! Ha, ha, ha ! Après tous les efforts qu'il a faits pour la prendre à sa mère !

– Et le reste de l'empire, Servius ? demanda l'autre. Qui est son successeur ? »

Le préfet du prétoire s'avança vers le juge qui regardait dans le vague en attendant son heure. Il se hissa sur la pointe des pieds et lui mit devant les yeux le papyrus déroulé.

« Son successeur, c'est Domitien ! Qui d'autre ? Tu vois, Quintus, l'empereur aussi voulait que sa famille prospère ! »

Puis il se tourna vers Publius qui avait sur les lèvres un sourire insolent.

« Tu reconnais ton œuvre ? » demanda-t-il.

L'enquêteur scruta le papyrus et reconnut parfaitement la première des deux feuilles sur lesquelles son calame s'était brisé.

« Oui, répondit-il, et aussitôt Servius Plotius déchira le testament en tout petits morceaux.

– Puisqu'il reste un Flavien, ajouta-t-il sans desserrer les dents, le Sénat nommera Domitien avec ou sans ce document. Mais l'empire, lui, ne perdra pas un mille. La Judée reste à nous. Gardes, relâchez-les, et attrapez-moi celui-là ! »

Lucius laissa tomber son glaive au sol et les soldats s'emparèrent de Quintus Æmilius. Puis, la fureur que contenait le préfet du prétoire depuis des jours éclata :

« Sortez tous ! Sortez d'ici ! Laissez-moi seul avec ce traître ! »

Publius, Flavia et Lucius emboîtèrent le pas des conseillers. Et c'est libres qu'ils quittèrent cet endroit. Libres, pour de bon cette fois. Dès que les portes du bureau furent refermées derrière eux, Servius Plotius dévasta ce qui restait du tribunal.

15

Pire que les bœufs

Le lendemain, en fin de matinée, la foule s'était massée devant les Rostres, attendant comme elle l'avait fait quelques jours plus tôt que le préteur fasse sa déclaration. Il ne se pressa pas pour monter sur l'estrade et quand il y fut enfin, il envoya l'un de ses deux licteurs faire le ménage dans le peuple, pour l'exemple. Satisfait, il prit enfin la parole après s'être éclairci la gorge.

« Au nom du Sénat et du peuple romain, les juges du procès de Publius Horatius ont rendu leur verdict. L'innocence de cet honnête père conscrit a été reconnue. Le véritable auteur du complot ayant entraîné la mort de l'empereur, Quintus Æmilius, a été jugé et condamné selon la procédure extraordinaire sous l'autorité du seul Servius Plotius, préfet du prétoire.

– Qu'on l'égorge ! hurla quelqu'un.

– Qu'on le crucifie ! » hurla un autre.

Le préteur ordonna à ses licteurs de faire claquer leur faisceau quelque part et poursuivit en soupirant :

« Pour que l'honneur de Rome soit sauf, la *damnatio memoriae* a été prononcée par le Sénat. Le nom du traître sera donc effacé des tablettes et des monuments publics. À compter de ce jour, la vie de cet homme est jetée dans l'oubli. Romains, les heures sombres ont pris fin. Réjouissez-vous, Rome a retrouvé un empereur. Flavius Domitianus succède à son frère, et pour saluer son peuple, Domitien lui offre trente jours de jeux ! »

Le forum tout entier trembla sous les hourras de la foule en liesse. Elle avait tout ce qu'elle voulait : un nouvel empereur à adorer, un nouvel ennemi à haïr, et du spectacle pour oublier le reste.

Deux hommes, dont la tête était dissimulée sous la capuche de leur manteau, quittèrent la place avant tout le monde et s'engagèrent dans les ruelles. Quand ils se furent suffisamment éloignés de ce vacarme, le plus âgé des deux dit à l'autre :

« Tu en fais une tête, Lucius ! Tu n'es pas content ? Le complot est déjoué, les traîtres sont punis, Rome est sauvée et toi, tu as gagné une princesse ! Que veux-tu de plus ?

– Je suis triste pour Flavia. Elle a quand même perdu ce qui lui revenait...

– Mais elle n'a rien perdu du tout, qu'est-ce que tu racontes !

– Le testament est détruit, tu le sais bien... Domitien hérite aussi de la Judée.

– Le testament, c'est moi qui l'ai écrit, Lucius ! Et je te garantis qu'il est intact ! Le papyrus que l'autre tête de courge a déchiré, ce n'était qu'un brouillon ! Le bon est en lieu sûr.

– En lieu sûr ? Mais où ça ?

– Là où Titus cachait son seul véritable trésor ! Tu sais ce que c'était ? Une vieille toupie en bois ! C'est amusant, non ? Pour quelqu'un qui possède toutes les richesses du monde...

– Dis-moi où il est !

– Ah, non ! Mais ce que je peux te dire, c'est que si quelqu'un met la main dessus, ça va faire du bruit !

– Tu ne vas quand même pas garder ça pour toi ?

– Non, non, rassure-toi... Si tu me récites correctement Virgile, je te dirai peut-être où il est...

– Oh non, je t'en prie !

– Allez, Lucius : *Adieu, forêts, adieu ! Mes rudes travaux ne sauraient vaincre l'invincible Amour...*

– Non.

– *En vain je ferais paître mes troupeaux dans les plaines brûlantes d'Éthiopie...* Lucius, fais honneur au poète !

– Non, je te dis.

– *L'Amour triomphe de tout, nous aussi cédons-lui!* C'était facile pourtant, sans ces bœufs à manœuvrer...

– Il y a pire que les bœufs : toi ! Tu es encore plus dur à manœuvrer !

– Ha, ha, Lucius ! Tu as raison pour une fois ! Va retrouver Flavia, ta princesse t'attend ! Quant à moi, mon neveu, je vais enfin pouvoir revoir mon champ ! »

Table des matières

Merci à Michèle Moreau ainsi qu'à toute la joyeuse équipe de Didier Jeunesse. Merci à Mélanie Perry qui a mené l'enquête avec beaucoup de patience et de perspicacité.
Merci à Anne-Sophie Ragot qui comme Publius aime les oiseaux, les arbres et partage son champ.
Merci à Emma, pour tout, tout le temps.

Découvrez les autres romans de Tristan Koëgel

Bluebird

Tristan Koëgel

Le destin incroyable d'une jeune chanteuse de blues, la vie de toute une plantation de coton qui bascule, un souffle romanesque prodigieux.

Par la fenêtre s'étalait sous mon nez la vallée du Mississippi. Vaste. Verte. Elle n'était pas vilaine, cette vallée. Les hauts arbres de ses forêts où nichaient des milliers d'oiseaux la rendaient presque réconfortante quand on venait de la ville. Et ses champs, ses champs si grands, on s'y voyait courir, le parfum de leurs fleurs nous faisait déjà tourner la tête. Mais si on tendait l'oreille, au plus près de ces champs, on entendait monter une drôle de voix, par-dessus les forêts, plus haut que les nuages. La voix de ceux qui ont sculpté le Delta. La voix de ces hommes, et de ces femmes, qu'on disait libres et qui travaillaient pourtant comme des chiens, là où leurs ancêtres avaient déjà creusé leur tombe en raclant contre la terre les chaînes qui leur rongeaient les pieds. Ces voix ne gémissaient pas, ces voix chantaient. Des chansons où les chevaux s'évadent, où les lapins échappent aux renards, où les corbeaux sont plumés, et où les femmes finissent par s'en aller.

Voilà vers quoi je retournais, six ans plus tard, installée dans ce compartiment comme une princesse dans son carrosse.

Disponible au format poche

Les Sandales de Rama

Tristan Koëgel

Un magnifique roman initiatique, entre les ruelles foisonnantes de Katmandou et les montagnes enneigées de l'Himalaya.

« Qu'est-ce que tu feras après la mousson, Arjun ?
– Je ne sais pas trop. Livreur de thé, vendeur de flûtes... Et toi ?
– Guide. J'ai envie d'essayer. J'emmènerai les touristes partout dans la ville, et s'ils me paient bien, on viendra t'acheter des bonbons !
– Tu rigoles ! s'exclama Arjun. On fera ça ensemble ! Tu me laisseras les plus riches, tu me dois bien ça !
– Je te laisserai les singes si tu veux... »
Arjun ne releva pas cette plaisanterie. Il réfléchissait à l'idée d'Upendra. Guide, ça lui plaisait bien, c'était parfait même ! Il s'y voyait déjà : aucun compte à rendre, pas de marchandise à écouler ; il pourrait enfin quitter la place de Swayambhu.
Upendra n'avait pas dit ça par hasard. Devenir guide, il en rêvait depuis longtemps. Son père était sirdar, chef d'expédition en haute montagne, et il avait baladé les touristes en ville avant de les emmener sur les plus hauts sommets du monde. Mais depuis son accident, il restait enfermé à la maison, terrorisé. Upendra n'avait pas encore osé lui demander des conseils, il avait peur de sa réaction. Il le faudrait bien pourtant.

Le Grillon, Récit d'un enfant pirate

Tristan Koëgel

Une histoire poignante, de l'autre côté de la Terre...

Il faut que je m'explique. C'est ce qu'ils veulent, je crois. Il faut que je m'explique, que je raconte. Tout. Et j'ai pas tellement envie. Ils veulent que je leur dise pourquoi je lui ai cassé la gueule, à Abdel. Mais j'en sais rien. C'est mon ami, Abdel. Je sais pas quoi leur raconter. Je sais pas quoi dire, voilà, c'est tout. Mais je vais être obligé... Je me suis mis en colère ; c'est sûr que quand on me met en pétard... Il l'a fait exprès aussi, Abdel, exprès de me contrarier, exprès de m'énerver. Il le sait pas, peut-être, que j'aime pas les pirates ! Enfin, ses pirates à lui, avec des gros anneaux dans les oreilles et des têtes de mort sur leur chapeau...

60-62, rue Saint-André-des-Arts
75006 Paris
www.didier-jeunesse.com
Conception graphique et illustration de couverture : www.labonneadresse.graphics
Composition, mise en pages et photogravure : IGS-CP (16)
ISBN : 978-2-278-08987-1 • Dépôt légal : 8987/01
N° d'impression : 1702558
Loi n° 49-956 du 16 juillet 1949 sur les publications destinées à la jeunesse

Achevé d'imprimer en France en août 2017 chez Normandie Roto Impression s.a.s. (Alençon), imprimeur labellisé Imprim'Vert, sur papier composé de fibres naturelles renouvelables, recyclables, fabriquées à partir de bois issus de forêts gérées durablement.